ad marginem / супермаркет / алессандро боффа / ну и тварь ты, вишковитц /

*a*lessandro *b*offa

sei una bestia, viskovitz

romanzo

*а*лессандро *б*оффа

ну и тварь ты, вишковитц

VISKOVITZ

роман

AdMarginem

УДК 821.131.1-31 Боффа А.
ББК 84 (4Ита)-44
Б86

Редактор-составитель серии
М. Котомин

Разработка и макет серии А. Бондаренко
Художник С. Антонов

Перевод с итальянского
Георгий Пасторе

ISBN 5-93321-114-1

Содержание

Пролог

Мы остались одни на этой льдине, дрейфующей в полярной ночи. Вишковитц повернулся ко мне и сказал:

– Я бы хотел, чтобы ты занес наш разговор, черным по белому.

– Не выйдет, – ответил я. – Тут нужен печатник или писатель, а не пингвин. Для меня «заносить черным по белому» может означать разве что «делать новых пингвинов», не более.

Но, месяц спустя, вот я, недвижимый, с яйцом под брюхом, и вспоминаю.

Ведь это я начал разговор.

Глава 1

Как, Вишковитц, живется-можется?

Нет в жизни ничего тоскливей, нет ничего печальней солнечного света, нет ничего лживей действительности. Всякий раз пробудиться мне было – что скончаться, жить – что умирать.

«Проснись, Вишковитц, уже май! – вопила Яна. – Лучшие желуди достанутся другим!»

Ох, с каким трудом я потянулся и, хочешь не хочешь, приоткрыл один глаз. Хочешь не хочешь, а жить-то надо.

«Минутку, – хриплю, – сейчас прогреюсь».

Кончался восьмимесячный летаргический сон... Я просыпался в серую потусторонность, в наше, полчков, замогилье.

Во мраке норы различались похожие на мышей тени. На нетвердых ногах они продвигались среди груд спящих к выходу из этого захоронения – души ушедших, переходящие, как и я, к бодрствованию.

Перекатился на бок, и весь мой костистый труп затрещал. Я начал узнавать знакомые силуэты сородичей, внуков и правнуков, дедов и прадедов, детей, родителей, свойственников. Кое-кто еще дремал, укрывшись длинным пушистым хвостом и, посапывая, предавался этому всепоглощающему удовольствию.

Мало-помалу, по мере того как переключались передачи обмена веществ, начинали чувствоваться боли в суставах, обезвоживание, страдание каждой клеточки. Это была агония пробуждения, пытка, которая продлится еще четыре месяца, до нового летаргического сна. В такие моменты только голод дает силы, чтобы встать, только сознание того, что если не наберешься жира, то не сможешь спать. «Ну же, Вишка, – сказал я себе, – в твоем возрасте можно основательно рассчитывать еще на три летаргических сна, а ведь их, старый соня, было бы жаль упустить».

Как зомби поднялся я над обескровленным и одеревенелым телом, в котором не осталось ни жиров, ни души, и неловко пихнул его к свету, от яркости которого заплакал.

«Вишка, ты исхудал как щепка, попробуй желудей!» – воскликнула Яна.

Уже сколько-то лет она была моей подругой, и я оставался верен ей, не из-за склонности к моногамии, которой у нас, сонь-полчков, нет, а из-за лени и стремления к скуке. Это была самая некрасивая, самая унылая, самая надоедливая и глупая во всей колонии самка. Потому-то я и выбрал ее. Ведь только жизнь, полная тоски и лишений, предрасполагает к приятным и значительным снам. Это-то и важно. Если потусторонний мир, бодрствование, суть ад, то жизнь, то есть сон, суть рай. Не наоборот же.

Я был так плох, что побоялся взобраться на ветви, поэтому, высмотрев пару упавших желудей, медленно и осторожно спустил свои кости со ствола на землю. Шатаясь, добрался до одного из плодов, содрал с него лапками плюску и погрузил моляры в его зрелый котиледон. Мне сразу же полегчало.

Моя нора раньше была гнездом дятла, выдолбленным в дубе, представителе sessiliflora. В моем семействе он переходил из поколения в поколение. Это было самое плодоносное дерево в лесу, и достаточно было обчистить его, чтобы дотянуть до осени. Мои дети, лениво растянувшись на ветвях, уже были заняты делом. С отцовской гордостью я отметил их вялое раскачивание, потухшие глаза, отвращение к жизни. Потом я направился к берегу озера.

Ведь пока ты бодрствуешь, надо не только накопить жира и скуки, надо еще набрать материалов для следующего летаргического сна. Оттого-то мы, сонирполчки, всегда бродим в самых восхитительных местах: мы ищем завязки для своих историй, персонажей, озарения. Можно обогащать воображение и по-другому: выслушивать чужие истории в надежде набрести на какую-нибудь стоящую идею, чтобы ее содрать. Этим-то и занимались Жукотич, Петрович и Лопес, развалившись на солнышке под дубом и сгребая хвостом упавшие желуди.

«С пробужденьецем, Вишковитц! Ну, как оно?» – начал Лопес.

«Не устань болтать», – обрезал я.

Мне нечему было у них учиться. Сны Лопеса были романами с серийными убийствами, где все оказывались растерзанными куницей или выдрой. У Петровича, наоборот, полчки убивали всех подряд, а потом уж он сам приканчивал их зубами, одного за другим. Жукотич, бедняжка, страдал бессонницей. Если во сне слышался замогильный голос, привидением всегда оказывался он.

А кроме того, мои сны не расскажешь каждому встречному, ведь снилась мне некая соня и, будьте уверены, не Яна. Такая, что может только привидеться, шедевр моей фантазии. Мне понадобились годы мерзкого и полного лишений существования, чтобы суметь вообразить это абсолютное совершенство мышиных черт, это точно подобранное сочетание святости и греха. Я создал ее прекрасной, как сон, соблазнительной, как зевок, податливой, как подушка. И назвал ее – Люба.

Стоило мне подумать о ней, как сразу же сильно захотелось спать. Сделав еще три шага, я рухнул на бревно, уже во сне.

Я нашел ее там, где оставил, – в тропическом лесу, который я же для нее наснил, между цветами гибискуса и тенью акаций. В этой среде обитания, где не было шума, только музыка, не было запаха, только благоухание, не было подъемов, только спуски. Где не было никаких выступов, не было ничего жесткого и все, даже стволы деревьев, было покрыто мхом, лепестками, пухом. Не было ни хищников, ни надоедал, ни соперников. Не было самцов, кроме меня, и не было других богов, кроме Вишковитца.

Я приветствовал ее звуками *зи-зи*, нашим, полчков, любовным зовом. Потом я приблизился к ней, спустившись с банана, прекрасный и ленивый, как бог-грызун.

«Любовь моя, вот я вернулся, – только ради тебя».

«Я сейчас занята, Вишка, – вздохнула она, – ищу дуб. Среди всех этих бананов попробуй найти желудь или буковый орешек».

«Только попроси», – сказал я и усилием воображения заставил вылезти из земли три желудя величиной с арбуз, без плюски и без оболочки. Как всякий «просвещенный» полчок, я уже умел видеть сны, сознавая это, и оттого каждое такое мгновение было неизмеримо богаче.

«А теперь, сокровище мое, иди-ка сюда и займись мною, – повелел я. – Времени мало, это ведь не летаргический сон, так, сончик. Глянь-ка на эту лужайку в цветах, что может быть лучше...»

«Нет, Вишка».

«Нет?»

Не очень-то приятно слышать возражения в собственном сне. Но несмотря на все успехи в овладении снотворчеством, мне все еще не удавалось подчинить своему контролю такой сильный характер, как тот, что я дал Любе, и добиться покоя.

«Мне надоело, что со мной обращаются как с куклой, надоело подчиняться твоим капризам, – фыркнула она, тряся вибриссами. – Тебе-то легко, для тебя это просто сон, и ты можешь делать все, что хочешь. А для меня – это моя единственная жизнь, и мне бы хотелось, чтобы ты позволил мне прожить ее так».

«Ты же знаешь, что она – не единственная, что в каждом моем новом сне ты снова оживешь».

«Ну да, все так говорят. А сам не даешь мне даже времени поесть или сформулировать мысль. Ты меня заставляешь жить в этой твоей смешной грезе, где нет полчков, где нет дубов, где вечно полусвет. Ты мне не позволяешь завести детей, не позволяешь мне жить моей жизнью...»

«Но ведь я тебе позволяю видеть сны...»

«Ну да, но какие же сны мне могут сниться, если я знаю только этот твой мир, какую-то сказочку».

«Ну же, сокровище мое, не будем спорить, некогда. Иди сюда».

«Нет, Вишка».

Как обычно, кончилось тем, что дабы она могла почувствовать себя «живой», как она это называла, мне пришлось наспать всю пошлость жизни: восход солнца, дубравы, буки, чуть ли не Жукотича. Под конец усталости во мне стало больше, чем было, когда засыпал. Должно быть, прошло не меньше часа, прежде чем Люба подошла ко мне поближе и я ощутил прикосновение ее благоуханнейшего меха. Потом она вытянулась на мху в медленной ласке и призывно промяукала *зи-зи*.

«Нет, Люба, ты же знаешь, что я не этого хочу».

Трудность с Любой была в том, что она никак не хотела делать со мной то, что самцы и самки полчков делают во снах, – то есть спать. Разделять волшебный миг засыпания, черную магию зевка, страсть дремоты, конечное слияние тел в едином всепоглощающем сне, слияние душ в единой грезе-дреме.

Она хотела вместе со мной грызть желуди, заниматься любовью, заводить потомство и прочие пошлости, но в решающее мгновение, когда веки начинают смыкаться, всегда отказывалась продолжать. Так получалось, что мне приходилось обходиться без этой совершенной радости, и казалось, опять выйдет как всегда.

«Ох, Вишка! – прозвучало неожиданно. – Я хочу, чтоб ты был доволен, давай попробуем. На этот раз со мной вместе».

Я не мог поверить своим ушам.

Вдруг я почувствовал на затылке чью-то лапу и проснулся. Я был совершенно вне себя, будь у меня силы, я бы убил, – тот, кто тебя будит, ничего другого и не заслуживает. Надо мной нависал большой меховой мешок. Я услышал, как он кличет меня: «Вишка!»

Голос был знаком, я поднял морду и увидел самочку полчка. «Что за чудеса?» – подумал я. Она не только была прекрасна, она была больше похожа на Любу, чем сама Люба. Это была квинтэссенция Любы.

«Ты ведь Вишковитц, тот, что все время грезит меня во снах», – усмехнулась она.

Я изумленно огляделся. Что делала Люба в этой действительности?

«Люба! Что ты тут делаешь?»

«Я же тебе сказала, что хочу сделать то, что ты меня попросил, но лучше здесь, а не в этом чудном сне».

Если это была шутка, то дурного тона. Я никогда не верил расхожей фразе, что действительность есть сон: каким же надо быть извращенцем, чтобы нагрезить такое.

«Люба, я не знаю, кто тебя послал, но он точно ошибся. Понимаешь, тут тебе не место. Чувствуешь эту вонь? Это кислотные дожди, нитраты, сульфиды: каждый квадратный сантиметр этой среды загрязнен. Здесь приходится трудиться, чтобы жить, здесь полно шумов и болезней. Здесь куницы, филины, хорьки. Здесь человек. У меня ревнючая подруга и четырнадцать детей. Это распроклятая действительность, здесь никогда не будет счастья, никогда не может быть покоя...»

«Не скажи...».

«Поверь мне, прелесть моя...»

«Теперь это не так, Вишка».

«Теперь не так?»

Она сморщила губы в загадочной и нежнейшей улыбке: «Все это существует, Вишка, только потому, что я захотела это вообразить. Это не «жизнь», это мой летаргический сон. Оттого-то ты всегда и видел меня во снах, что я этого хотела. Я тебе этого никогда не говорила, потому что хотела сделать тебе сюрприз, я с тобой играла».

«Вот это да! Ты что, и Яну наснила, и Жукотича, и остальных?»

«Ну конечно, дорогой, я их оттого такими скверными и сделала, что хотела, чтобы ты был весь мой. Не веришь? Гляди...»

Передо мной из земли вылезли три желудя величиной с арбуз, без плюски и без оболочки.

«Знаешь, Вишка, я все стеснялась. Не так-то просто подойти к кому-то и сказать: «Ты полчок моей мечты». Мне больше нравилось, чтобы ты меня искал, ты меня грезил. Я хотела тебя проверить. Теперь, дорогой, я знаю, что ты меня любишь. Я больше не боюсь, я хочу тебя осчастливить. Нечего терять время, всякий сон ведь кончается, идем же, Вишка».

Она разостлала лужайку из ромашек и расположилась на ней.

«Я ведь на самом деле еще ленивее и сонливее тебя, Вишка, и ничего не хочу больше, чем спать в твоих объятиях, слышать во сне, как ты похрапываешь».

Она распахнула пасть в таком бесстыдном зевке, что мне привиделось, у нее душа выскользнула...

В восторге я растекся. Непонятно было, кто кого грезит, но спрятанное под шкурой сердце разлилось в океан блаженства. Одним благодарным взмахом век я благословил всю эту печаль, это мерзкое озеро и загрязненный лес, этот удушливый воздух и бесплодную землю. Весь этот разоренный и потухший мир в одном зевке от счастья.

Глава 2

Тебе что, Вишковитц, не хочется секса?

Пол? Я и не знал, что у меня есть пол. А тут мне говорят, что у меня их два.

«Мы – улитки, Вишка, – объяснили мне мои старики, – несовершенные гермафродиты...».

«Ну и мерзость! – завопил я. – Это что же, и наша семья тоже?!»

«Ну конечно, сынок. Мы можем выполнять как мужские, так и женские функции. Нечего тут стыдиться». Радулой мне показали, где находятся обе снасти.

«А несовершенные-то почему?»

«Потому что мы можем спариваться только с другими улитками, если есть взаимная склонность, но никогда сами с собой».

«Это кто сказал?»

«Наша вера, Вишка. Даже думать про другое, про эту гадость, – смертный грех», – остерегла папамама.

«Нечист и тот, кто слишком закрывается в своей раковине, кто сам с собой разговаривает, кто сам собой доволен», – добавил мамапап.

От ужаса у меня сморщило мантию.

«Тебе пора посмотреть по сторонам, поискать подходящую партию: сезон размножения длится всего несколько недель».

Я недоуменно вытянул щупальца в разные стороны: «Но ведь до ближайших улиток несколько месяцев пути!»

«Ошибаешься, сынок, отличная молодежь есть совсем рядом».

Но я видел вокруг только Жукотича, Петровича и Лопеса, давних своих однокашников.

«Да вы что, шутите?.. Вы же не хотите, чтобы я...»

«Они из хороших семей, с приличным генетическим наследием и хорошими видами на эволюционный успех. Красота, Вишка, не главное».

«Да вы их хорошо разглядели?». – Я показал своим ринофорным щупальцем на Жукотича, худосочное брюхоногое, с практически щитовидной раковиной, втянутым глазом, еле видным ктенидием. На него и хищникам-то было тошно глядеть. Они что, и впрямь хотели таких внуков?

«Со временем ты передумаешь. У нас, улиток, есть пословица: Возлюби ближнего своего, до дальнего близко не будет.

«Лучше умереть».

Я попрощался и поглубже убрался в свою скорлупу. Тщательно закрыл крышечку и на всякий случай запечатал ее кальциевыми солями.

«Неприлично так закрываться в свою раковину, Вишка, соседям это не понравится».

«К черту соседей!»

Назавтра, и еще сколько-то дней, я не мог думать ни о чем другом, только о поле, точнее, о полах.

Сперва это был какой-то неопределенный зуд то здесь, то там, небольшие гормональные расстройства, которые заставляли меня останавливаться взглядом на некоторых складках мантии определенных улиток, пытаться угадать скрытые раковиной формы, любоваться волнами сокращения их ноги. Ничего такого, разумеется, чтобы плохо себя чувствовать или лишиться сна. Некоторые из ракушек в огороде были неплохо сложены с морфологической точки зрения, но таких улиток, чтобы они мне действительно подходили, чтобы в них чувствовался класс и чтобы они соответствовали уровню Вишковитца по биометрическим параметрам, фактически не встречалось. Так что я пришел к выводу, что таких и не было, и, скорее всего, такие никогда и не рождались.

Я ошибался.

Королева брюхоногой красоты появилась внезапно, среди кустиков салата. До нее было довольно далеко, но я, затаив дыхание, различал ее профиль, сладострастно подставленный солнцу, роскошь форм, едва прикрытых раковинкой... *Parbleu.*

Очарованный, я потерял сон и аппетит. В моих глазастых стебельках-щупальцах стоял онаон, все время онаон. Я стал беспричинно выделять слизь. Но что можно было поделать? До моей дроли было не меньше двух улитко-лет! Если бы я сразу стартовал и припустил как сумасшедший, даже не впадая в зимнюю спячку, все равно я бы добрался туда уже старой развалиной.

Если только... Да, я подумал именно об этом. Глупость такая. А если бы онаон бросился мне бегом навстречу? Тогда бы точка встречи пришлась бы между цветками тыквы, и мы бы прибыли в нее как две улитки в самом расцвете сил. Чем больше я об этом думал, тем больше это соблазняло меня своей романтической грандиозностью. Томление предвкушения. Пожертвовать юностью ради надежды любви. И разве не правда, что любовь – это всегда рискованная ставка? Ведь на меня посматривали, было ясно, что меня заметили. Только двустворчатое не заметило бы знаков, которые мне делали стебельками...

«Вишка-а-а! – орал мамапап. – Неприлично разговаривать с самим собой, о тебе могут плохо подумать!»

«Пусть их».

«Лучше быстренько приведи себя в порядок, вон молодой господин Лопес идет к тебе в гости».

Лопес выглядел совершенно безумным, он извергал слизь и скользил по ней, лицо перекошено похотью, осфрадии широко раскрыты, мезенхима спадает, радула как неживая, сам задыхается; ему оставалось до меня только два дня пути. Несколькими часами дальше в погоне за смертью неслись ко мне Петрович и Жукотич, наперегонки. Кто будет мною обладать, кто насладится моим юным телом?! Гемолимфа застыла в моих жилах, а жаберную полость сперло. От отвращения у меня вывернуло пищевод.

Я повернул глаза к салату, и в одно мгновение – одно из тех мгновений, в которые решается вся жизнь, – выбор был сделан.

«Иду!» – крикнул я.

Онаон тоже двинулся.

Шесть месяцев этой гонки совершенно вымотали меня.

Порыв страсти не для моллюсков, тем более не для нас, улиток. Чешуйки у меня воспалились, мезенхиму разодрало в клочья. С окончанием репродуктивного сезона уровень гормонов упал, и любовный жар спал вместе с ним. Юность покинула меня, а слизь высыхала. Я видел, как мое тело старело быстрее, чем сменялись пробегающие мимо ландшафты. Если жизнь – это забег наперегонки со временем, ну, тогда можно наверное сказать, что против нас, улиток, его шансы предпочтительнее.

Отправляясь в путешествие, я тешил себя иллюзией, что как бы скверно оно ни кончилось, я уж во всяком случае повидаю мир, неисследованные края и чужеземные культуры, отстоящие от нас на многие десятки метров. Но я понимал, что весь мир был одним огородом. Я заблуждался, считая, что можно начисто расстаться с прошлым; ведь всякий раз, как я поворачивал назад свои глазастые стебельки, мои родичи и знакомые все время виднелись там, с полными укора взглядами, разочарованны и раздраженны. Улитки нашего детства всегда остаются в поле зрения, да и ракушки нашей старости тоже. У нас не бывает случайных встреч и нет уединения. Оттого-то, понимаете ли, и приходится, как ни устает горб, таскать на себе раковину.

Но я продолжал бежать навстречу, вздыхать и грезить, с открытыми глазами, ночью, при луне, среди благоухания петрушки, пока ветерок ласкал чешуйки. Онаон тоже двигался мне навстречу. Только это и было важно.

Пришла зима, а еще через три месяца – весна и побеги первых цветков тыквы.

И, наконец, долгожданный миг.

Я был потрясен, мир рухнул у меня под ногами. Понятное дело, мне бросились навстречу, ответили на мои призывы. Онона оказалась просто отраженным изображением. Я крутился вокруг полированного, вокруг водопроводного, вокруг крана для шланга. Я крутился вокруг этого самого крана, глядя, как молча выплакиваю последние капли слизи. Бедный Вишковитц. Огромная нежность к себе охватила меня. Потом я прислонился к этой хромированной поверхности и зашелся в хохоте. Что еще оставалось делать? Я посмеялся над ситуацией, или, скорее, мы посмеялись. Но тут же мое изображение стало серьезным и начало меня внимательно рассматривать. Как я был прекрасен! По-женски мягкотел и по-мужски крепок. Я не мог глазок от себя оторвать: я все еще оставался великолепным животным, наверное, самым привлекательным из всех когда-либо существовавших, исключительно эротичным для моллюска. Чувственная радула на сказочных чешуйках, плотное и упругое тело, камуфляжная, но элегантная раковина, воспроизводительный аппарат... *Parbleu*! Внезапно я понял смысл всего этого дела. Застенчиво я согнул глазные стебельки один по направлению к другому, и в первый раз мой левый зрачок уставился на правый. Ощутив короткое замыкание, душевный озноб, я смог пробормотать только пошлое:

«Вишковитц, я тебя люблю».

«Я тебя тоже люблю, дурачок».

Легко и ласково коснулся радулой экзостома, дальней частью ноги коснулся ближней. Почувствовав давление горячего ринофора, изгибавшегося под раковиной, весь взволнованный, замер в сердцевине существа. Только и пролепетал: «О небо, что же я делаю?» Но уже тонул в своих объятиях, льнул к своей плоти. Пьяный от желания, прижимался к себе, трепеща от прикосновений липкой дермы, упивался вязким соком слизи, напряженно алча этих восхитительных членов. Отчаянно обвился вокруг...

Когда я кончил, то заметил, что в пылу вылез из своего домика и живот у меня наружу, голый, а укромные места открыты всем ветрам. И еще заметил, что все взоры были обращены ко мне. Только в радиусе десяти метров было три семейства улиток, и вы можете себе представить, как они реагировали.

«Какая мерзость, на что приходится глядеть!» – жаловался один из соседей.

«Будь ты проклят навек, Вишковитц!» – бранился другой. Они кричали детям, чтоб те не смотрели, но молодь постаралась не отвернуть щупальца.

«Мы тебя проучим», – угрожали они. Как будто улитки когда-нибудь кого-нибудь покалечили. Я получил достаточную порцию оскорблений и потому, вместо того чтобы убраться в свою раковину, выпрямился перед ними.

«Ну вы, гермафродиты несовершенны-ы-ые!» – завопил я этим лицемерам.

Следующие дни были самыми счастливыми в моей жизни. Весенний ветер принес мне в подарок два больших желтых лепестка, и я томно расположился в них, благоухая, счастливый оттого, что я моллюск и что я влюблен. Я поселился в этом новом жилище, а не в раковине, слишком плохо приспособленной для сложных геометрических конфигураций гермафродитной любви. Мой скандал, однако, еще не забылся.

«Это не что иное, как типичный пример разложения брюхоногого общества, – говорил один. – *Я* заменило общественное, нарциссическая личность торжествует. Все склоняется к личному, к интимному...»

Признаюсь, что к интимному я склонялся весьма охотно и без труда. Вот одно из немногих преимуществ отсутствия позвоночника.

Другой пытался трактовать меня с точки зрения психоанализа: «Во вторичном нарциссизме фрустрированная любовь возвращается к себе и порождает бред величия, переоценку себя. *Я* ощущает себя Богом...»

Ну, мне никогда не приходило в голову, что я Бог. Это уж скорее Он распускал по свету разные слухи.

«...Но перед лицом надвигающейся старости разбивается мечта о безмятежном распространении детского всемогущества и рушится система самозащиты нарциссиста...»

Должен сознаться, что я ненавидел подступающую старость. Старость делала меня ревнивым. Несколько раз я ловил себя на том, что я думал об улитке моложе себя, и сердце мое было разбито. Конечно же, эта улитка все время был я сам, мой юный образ, пристроившийся на салате, но это не утишало боль. Я закрывался в раковине и плакал. Я не отвечал себе любовью на любовь. Мои глаза больше не смотрели друг на друга.

Но жизнь продолжалась, прямо надо сказать, ведь я была беременна. Я очень боялась, что рассказываемое про вред самооплодотворения – правда, и что родятся уроды. Этакие, со взбашенной раковиной или с раздвоенной ногой, и из-за них я буду чувствовать себя виноватой до конца моих дней.

Я ошибалась.

Как только я узрела едва народившуюся раковинку моего сына Вишковитца, так сразу ее узнала. Королева брюхоногой красоты, она была точной копией своего родителя, больше похожая на божество, чем на моллюска. Такая крохотулечка, она казалась увиденной издалека улиткой, *той* улиткой, видимой издалека. Как он был прекрасен! Легко и ласково коснулся радулой его экзостома, дальней частью ноги коснулся его ближней...

«Вишковитц, я тебя люблю», – пролепетала я.

«Я тебя тоже люблю, Вишковитц».

Как в сказке, любовь торжествует. Но на этот раз конца не будет. Никогда не будет конца.

«Какая мерзость, на что приходится глядеть!» – жаловался один из соседей.

Глава 3

Не теряй головы, Вишковитц!

«Каким был папа?» – спросил я свою мать.

«Хрустящим, чуть солоноватым, богатым полисахаридами».

«Я имел в виду, до того, как ты его съела».

«Неуверенным в себе, озабоченным, невротическим, в общем, как все мальчики, Вишка».

Я, как никогда, почувствовал близость к этому своему родителю, которого никогда не знал, который растворился в желудке моей матери, пока меня зачинали. От которого я получил не душевное тепло, а калории. «Спасибо, папа, –подумал я. –Я знаю, что значит для богомола пожертвовать собой ради семьи».

На мгновение я остановился в молчании у его могилы, то есть моей матери, и помолился.

Немного погодя я решил (мысли о смерти неизбежно провоцировали у меня эрекцию), что пришло время присоединиться к Любе, насекомому, которое я любил. Я познакомился с ней примерно месяц назад, на свадьбе моей сестры, то есть на похоронах моего шурина, и был покорен ее жестокой красотой. С тех пор мы продолжали встречаться. Как это было возможно? Бог благословил меня дорогим для нас, богомолов, даром: преждевременной эякуляцией, необходимым условием всякой неэфемерной любовной истории. В первую неделю я потерял только пару конечностей, хватательных, во вторую – переднеспинку с летательными придатками, в третью...

«Не надо, Вишка, ради всего святого!» – запричитали Жукотич, Петрович и Лопес, рассевшиеся на самых высоких ветвях. Для них самка была демоном, мизогиния – миссией. Половая деятельность у них была извращена или полностью нарушена с самого метаморфоза, они приняли священнический обет и целыми божьими днями жевали лепестки и распевали псалмы. Они были истинно богомольны.

Но никакая молитва не могла меня остановить в этот миг – когда я слышал холодное дыхание своей красавицы, мрачный шелест ее перепонок, ее похоронную усмешку. Неистово ринулся я по направлению к этим звукам, со своей единственной оставшейся ногой, опираясь на свою эрекцию, силясь представить себе великолепие ее форм, теперь, когда, потеряв глазки, я не мог увидеть ее, когда, потеряв усики, я не мог ощутить ее запах, когда я не мог поцеловать ее, так как у меня больше не было губ.

Я потерял из-за нее голову.

Глава 4

Беда, Вишковитц, из яичка вылупилась

После долгих миграций нашел я стоящее местечко: в Верхней Баварии, в буковом лесу. Народу было немного, природа роскошная, прекрасный вид на озеро, а лучше всего, что в двух взмахах от пшеничных полей. Да-да, пшеничных. Не знаю, как вы, а я – так преимущественно зерноядный. Конечно, я неплохо могу быть и плодоядным, и насекомоядным, продержаться на улитках и так далее. Правда в том, что мы, талантливые зябликовые, в конце концов пробьемся, в какую экосистему нас ни помести. Я немало повидал биот, и можете мне поверить, если я вам скажу, что не было на свете лучше места для гнездования. А мне пришло время обзавестись семьей, чтобы родились потомки, находчивые, как я, спешащие применить на пользу уроки старины Вишковитца. Так что еще зимой, раньше, чем гормоны сказали мне, что пора приниматься за дело, прежде всех, приступил к постройке гнезда. У меня хватило времени и спроектировать его, и найти наилучшие материалы, и тщательно обустроить. А ведь самочки, ребята, первым делом смотрят на гнездо, так что по окончании работ окрестные незамужние птички (было их, честно говоря, не так много) стали обнаруживаться рядом.

В матери своих птенцов я искал не столько броское оперение, сколько здоровое и крепкое (и все же женственное) телосложение, хорошо развитый яйцевод, неусыпное чувство ответственности и непоколебимую нравственность. Потому я и выбрал Любу.

«Ох, Вишка, это мечта!» – пропинькала она, едва поставив лапку на веранду. Птичка не могла поверить своим глазам.

Направо, как войдешь, был угол для яиц, весь покрытый периной, с отдушинами, чтобы регулировать вентиляцию и температуру. Налево – кормовой угол, с соответствующими отсеками для вышелушенных зерен и для неочищенных. Второй этаж весь был один роскошный альков с видом на озеро. Он был сделан непромокаемым и отделан пухом, травами, шерстью и цветами. Вся несущая конструкция постройки надежно покоилась на ветвях бука, переплетенных, как это делают ткачики. Она была скреплена глиной и слюной, как это делают ласточки, и отделана высохшим пометом. Внешние поверхности стен я замаскировал благовонным плющом, насколько это требовалось, чтобы скрыть от глаз хищников, но не настолько, чтобы не дать моим соседям лопнуть от зависти. А в будущем, как подойдет время, я бы и на озере построил гнездо, с плотиком, как умеют некоторые водяные курочки.

«Ох, Вишка, это все твое?»

«Наше, воробушек».

«Я так волнуюсь!»

У нее шла первая овуляция, так что возбуждение можно было понять.

«Это любовь, – объяснил я, – скоро пройдет».

Я пригласил ее наверх.

«Ох, Вишка...»

Несколько дней спустя мы ждали первых птенцов.

Готовясь к радостному событию, я охотно проводил время на террасе, любуясь своим участком. Странно, думал я, что в этих краях так слаба конкуренция: кроме меня, только трое воробьиных, и все они выглядят глупыми. Со временем я спокойно смогу расшириться, вплоть до полей. Стоило впрямь позавидовать моим будущим наследникам: при таком отце, как я, их жизнь будет триумфальным шествием.

Я принялся скакать с ветки на ветку, без особых причин, просто потому, что мне так хотелось, просто потому, что это были мои ветви.

Вдруг я услыхал подозрительный шум и разглядел пернатого, осторожно передвигающегося по моему участку, среди моих владений.

«Стой, зяблик, ни с места!» – пропел я.

«Вишка, извини, это я, Петрович... Я ранен».

Петрович, мой сосед, волочился по земле с окровавленными перьями, будто его подбили дробью или еще как-нибудь. Кто его так отделал?

«Кукушка, Вишковитц, здорово мне назвонила».

Признаюсь, что я совсем мало знал о кукушках... Я думал, они только выскакивают из часов и кричат: ку-ку. Картина, которую нарисовал мне Петрович, была куда тревожнее. Это были твари в пять раз крупнее нас, и за ними водился маленький грешок.

«Гнездовый паразитизм? Это что такое?».

«У этих ублюдков, Вишка, совсем нет совести. Им на всех наплевать, они не вьют гнезда, просто справляют свои дела на ветках, без ухаживания, без брачных нарядов, и потом оставляют свои яйца в чужих гнездах: твое выкинут, а своим заменят. Яйца у них почти как наши, не отличить. А бывает, такой ублюдок выбросит из гнезда твоих детей, прям геноцид. Вот у Лопеса такое было».

«Силы небесные!»

«А если ты этого по глупости не заметишь, кончается тем, что месяцами его кормишь, думая, будто это твой ребенок. Вот Жукотич, он ведь уже год такого содержит, везде появляется с кукушонком, который вчетверо его больше, да хвастает: «Вы только поглядите, как мой парень вымахал!» Никто не решается открыть ему глаза.

«Чтоб меня заклевало!»

«В этому году я застукал кукушку как раз, когда она подменяла мне яйца в гнезде, и пару раз вклюнул ей по морде».

Очевидно, это она ему вклюнула.

Мои мысли сразу обратились к Любе. Она с минуты на минуту могла начать класть яйца. Надо было спешить к гнезду и сторожить. Я попрощался и улетел.

«Не выпускай кладку из глаз, Вишка, ни на миг нельзя!» – прокричал мне вслед Петрович.

Я нашел Любу в гостиной, раскинувшейся на цветочном ложе. Она подтвердила слова Петровича, все знали, что кукушки существуют, это одна из реалий жизни.

«Но нам, Вишка, не о чем беспокоиться, это гнездо – бункер, да и ты не разиня, как соседи».

«Да, дорогая, но лучше проявить бдительность».

Три дня я не смыкая глаз ждал, пока яйца будут снесены. Бог нам подарил троих, белых, правильно овальных. Я их измерил, потом нанес клювом «V». Люба не позволила мне применить краситель: а что, если он просочится к желтку?

Надо было быть начеку. Я ввел посменные охрану и высиживание, собираясь вообще не покидать гнездо, благо запасов для столовой хватало. Пост был за дверью, и если б кто сунул клюв, удар бы ему пришелся прямо в глаза. Я всё не мог выбросить из головы этот рассказ о кукушках, как мы, воробьиные, позволяли себя надувать. Я чувствовал, что моя честь зяблика оскорблена. По правде говоря, многие из нас, воробьиных, включая и зябликов, имели дурную привычку поступать в соответствии со стереотипами. Так что если видели набитое соломой чучело со шляпой на голове, это был крестьянин, а если видели в своем гнезде птенца с раскрытой пастью, его надо было покормить. Понятно, что народ этим пользовался. Чуть ли не в первую очередь я бы научил своих детей ценности сомнения.

В безмолвии ночи я прикладывал ухо к скорлупе и слышал, как они дышат, мои малыши.

Когда подошла Любина очередь стоять на часах, я себе позволил коротко вздремнуть. Проснувшись, я увидел, как она храпит, развалившись среди перин.

Я закатил сцену. Помянул всех, самых забытых, пернатых святых, и звонко-таки ей все высказал.

«Успокойся, Вишка, все твои «V» еще на месте. Нельзя меня так терзать, я же только родила.

«У тебя еще хватает нахальства раскрыть клюв, да! Ты что думаешь, я всю жизнь вкалывал ради каких-то кукушкиных детей? Ты что думаешь, мой народ выстоял тысячелетия генетического соревнования, чтобы в один прекрасный день какая-то ебаная кукушка могла обзавестись няней?

Я снова проверил яйца и, клянусь вам, черт подери, почерк одной из этих «V» был какой-то странный. Еще три дня я провел не сомкнув глаз, крутясь вокруг яиц, молясь и ругаясь. Нервы у меня совсем сдали.

Наконец, они проклюнулись. Два мальчика и девочка. Смотреть на них было страшновато: три тощих ощипанных тельца с огромными раскрытыми и пищащими клювами. Я внимательно их изучил.

«Ну разве не прелесть?»

«Предположим», – осторожно ответил я, и остановился поподробнее осмотреть среднего. Он явственно отличался от двух других.

«Погляди, у этого вот – красноватый пух».

«Вишка, на нем просто осталось чуток желтка, вот и все».

«*Ok*, но стоит к нему хорошенько приглядеться... а с чего это он вопит громче других?»

«Потому что, Вишка, ты уже час как таскаешь его за перья».

«Может быть... Во всяком случае, осторожность требует изолировать его от других».

«Ты что, шутишь? Ты представляешь, какая это для него, бедняжки, будет травма? А потом, подумай: если бы это было то, чего ты боишься, он бы был самым крупным, а ведь другой мальчуган побольше него».

«Да, значит, нельзя спускать глаз и со второго».

На слове «глаз» у меня все поплыло. Это сколько же времени, чтоб его, я их не смыкал?

«Малышам нужен белок, Вишка. Займись этим, постарайся раздобыть какого-нибудь червяка, или слизня, или гусеничку. Лучше всего славную такую гусеничку».

Гусеничку? Сказать-то легко. Где же в это время найти гусеничку?

Тем не менее я полетел. От свежего воздуха и того, что несколько раз стукнулся головой о ветки, я отчасти проснулся. Осмотрел все вдоль и поперек, и, в конце концов, мой опыт и доскональное знание территории были вознаграждены. С первыми лучами рассвета я вернулся в гнездо со славной гусеничкой.

«Умница, Вишка, – проворковала моя Люба, – я так и знала, что ты сумеешь. Дай-ка сюда».

«Э нет! Я им сам дам гусеничку!» Я разделил добычу на три части, разодрал их на кусочки и начал кормить в клювик девчушку.

«Спасибо, папа», – пропищала она.

«Ты слышала? Она уже говорит «папа»! Вот она – из наших».

После этого я покормил мальчугана с желтым пухом.

«Спасибо, папа», – проворчал он.

«Ты слышала? По-моему, этот тоже молодцом».

Потом я взял то, что оставалось, и обслужил того, что с красноватым пухом.

«Спасибо, Вишка, – прострекотал он, – неплохая гусеничка».

Я вдруг озяб до костей.

«Это он! – взорвался я. – Это он. Я сразу понял, что это он, ублюдок!» Я схватил его за шкирку. «Признавайся! Признавайся, несчастный! Ты хотел меня провести, да?! Надеялся, это тебе сойдет, а, урод?»

Этот тип принялся плакать, как будто его заклевали. Люба набросилась на меня, и тут такое началось ... Крылья у меня оказались прижаты к полу.

«Не смей трогать малышей, убью! – разразилась она. – Вот те Бог, еще раз услышу про кукушек, заберу малышей и уйду!» Она была разъярена: «Нет, сразу уйду!»

«Погоди, радость моя, не надо спешить. Ты знаешь, я вас люблю, и тебя, и малышей, вы для меня все.

Прости, я сам не понимаю, что делаю. Эта история с кукушками...»

«Слышать этого слова не хочу!»

«Верно. Наверно, мне надо хорошенько выспаться. Хорошенько, долго выспаться».

Малыш продолжал хныкать у Любы меж крыльев. Я больше не мог.

«Люба, я засыпаю. Прошу тебя, следи... я хотел сказать, сама справишься».

Я свалился, как бревно. Когда я проснулся, Люба и ребята исчезли. В гнезде все было вверх тормашками, как будто ястреб побывал.

«Люба!» – закричал я.

«Мы тут, на веранде, Вишка. Пора за продуктами, дорогой. Зерно кончилось».

«Кончилось? Ну и ну, сколько же я проспал?»

«Три дня, дорогой».

Ребята разлеглись на солнышке и дремали. Я внимательно оглядел их.

«Кто-нибудь вел себя странно, Люба?»

«Только ты, Вишковитц».

У них уже было приличное оперение. Пепельно-серое на щеках, на горле и на груди, темно-свинцовое с белыми пятнами на маховых и хвостовых перьях. Они казались в порядке, похожие один на другого как капли воды. Отлично. Пора было отпраздновать, у меня на чердаке оставались еще ягоды смородины, и я отправился туда.

Когда я поднялся на верхний этаж, у меня что-то случилось с глазами. Перья у меня взъерошились, а сам я застыл с открытым клювом, как остолбенев. Кто-то лежал в моей постели: крупная птица развалилась на моей перине!

«Люба! – закричал я. – Что здесь происходит?!»

Люба сразу поспешила наверх. Тем временем этот тип на кровати вскочил на ноги. Размером с Любу, то есть вчетверо больше меня, с пепельно-серой грудью, а летательные перья у него были темно-свинцовые с белыми пятнами. Он открыл рот и кукукнул:

«Ку-ку*, Вишковитц!»

Тут прибежали мои малыши, но не очень-то и малыши, они вымахали уже на клюв выше меня.

«Ку-ку, Вишковитц!» – гаркнули они хором.

Тогда я оглянулся на Любу и увидел, что она улыбается.

«Ку-ку, Вишковитц», – подтвердила она.

Голова у меня пошла кругом, и я просто не знал, что сказать.

«Ку-ку», – вежливо ответил я.

---

* В итальянском языке *сделать куку* означает *наставить рога.*

Глава 5

Наставят тебе, Вишковитц, рога

Я, Вишковитц, отважен и добр, но когда я опускаю рога... С жутким ревом бросился я в атаку.

У нас, сохатых, всегда так: кто победит, забирает себе всех течных коров, а остальным, кому дадут по рогам, остается только мечтать. Только один соперник отделял меня от славы, любви, власти. Мне нельзя было проиграть, нельзя позволить себе, чтобы миг рассеянности или пошлая трусость свели бы на нет год тренировок и нетерпеливого ожидания...

Я ринулся на него со скоростью боевого коня, вложив весь свой двухсоткилограммовый вес, но в момент удара Петрович, мой противник, сделал подлый финт, сгруппировавшись, как крыса, и я пролетел в пустоту. Меня ударило у основания ног, и я рухнул. Я врезался в землю мордой, и ничего не оставалось, как просить пощады. Петрович еще разок поддал мне рогами и припустил к лосихам, получать свой приз.

Вечером я ухромал в подлесок зализывать раны. Потом дотащился до лужи и отыскал Яну.

«Привет, Яна», – прохрипел я.

«Вишковитц, от тебя несет».

Сумерки милосердно прятали ее. Пока она паслась, ее сосцы волочились по земле. «В этот раз тебе, Вишка, здорово досталось», – усмехнулась она. Если обобрать с нее насекомых, она непременно даст тебе повальсировать, а если поскрести чесоточные пятна, так она проорет что-нибудь вроде: «Ты самый лучший, чемпион арены, первый во всем...».

Так проходила зима.

А тем временем в ожидании весны я занимался физической подготовкой. Точил себе рога. Ибо ты лось, и голова у тебя не только с мыслями, на ней сабли.

Когда снова пришла пора и у самок началась течка, мы, холостяки, собрались у подножья горы, чтобы решить, кому встретиться с Петровичем. Сила у меня была от природы, но в дополнение к ней я приобрел опыт и все те приемчики, которым выучиваешься со временем. Мне потребовалась только четверть часа, чтобы дать понять Лопесу, Жукотичу и прочим, что претендентом вновь буду я. Кое-кто из тех, что помоложе, приняли мою осмотрительность за трусость и теперь зализывали в лесу раны. Петрович, который наблюдал с вершины, атаковал немедленно. На этот раз я его ждал, твердо упершись копытами, на дне долины. Я нашел его постаревшим и ослабленным, изнуренным и нетвердо стоящим на ногах. Так что я колошматил его об дуб, пока не сжалился.

Покончив с этим делом, я пустился в гору, где меня ждали лосихи. Их головки выглядывали из-за камней. В воздухе чуялся запах самки и слышались голосочки.

«Кто победил?»

«Вишковитц. Вон он идет».

Когда они оказались передо мной, впечатление получилось не совсем таким, какого ожидаешь от стада течных самок. Ты воображаешь сплошные трепетания и призывные голоса. Пара из них храпела, другие разлеглись на брюхе и обмахивали спины хвостами, кое-кто пасся. Однако, самая аппетитная из ягодника выступила вперед и произнесла: «Я первая в группе. Ты, победитель в соревновании, гордость стада, наш повелитель и господин, и ты спаришься сперва со мной, потом со всеми остальными, и мы родим тебе крепкое и обильное потомство».

«Уж будь уверена».

«Естественно, ты должен будешь обеспечивать безопасность и процветание стада. Ты откроешь и завоюешь новые земли и всегда будешь сторожить наше пастбище. Ты не дашь подобраться к нам волку и рыси, денно и нощно будешь бдеть на вершине горы, вынюхивая охотника. Тебя будут бояться другие стада, и ты будешь охранять нашу территорию. Поскольку ты здесь единственный, у кого есть рога, ты станешь опускать нам ветви, чтобы мы могли их объесть, и сдирать паразитов с нашей шкуры. Ты должен будешь стать примером твоим детям и займешься их воспитанием. Когда мы забеременеем, тебе придется удовлетворять все наши ничтожнейшие капризы. Ты разрешишь все споры, все время правя мудро и судя беспристрастно. Ты не станешь навещать других самцов горы и не пустишь к нам их нечистое семя. В пору гона ты будешь биться с соперниками, пока однажды, старый и усталый, не уступишь претендентам моложе и свежее тебя, среди которых могут оказаться твои же сыны. А если тебя убьют, твои рога добавятся к рогам твоих предшественников, которым мы никогда не отказывали в благодарном и уважительном почете. Меня зовут Люба».

«А меня, сокровище, зовут Вишковитц, – прощебетал я. – У тебя славная шубка, Люба... Знаешь, чем бы я хотел сейчас заняться, цветочек? Мы с тобой прогуляемся в лесок...».

«Боюсь, это невозможно. Когда вы захотите спариться со мной, потому что мне думается, об этом шла речь, вы должны будете заниматься этим здесь, на горе. Нельзя оставлять стадо без присмотра».

«Здесь, на виду у всех?»

«Таково правило, Ваше Сохатство».

«*Ok*, мы поговорим об этом, когда начнет темнеть. Но, жеребеночек мой, сделай милость, зови меня Вишкой».

Вечером, после заката, я стоял в дозоре. Ночь выдалась спокойная. Малыши спали, подобрав ножки, между ног моих лосих, которые тоже похрапывали. Только Люба продолжала пастись, время от времени поглядывая на меня. Я свистнул, и она тут же пустилась рысью: ясное дело, мы понимали друг друга с лету. В свете луны ее огромные влажные глаза блестели. Я начал ее облизывать. Мне не терпелось. Хе-хе, уж куда понятнее. Я взобрался на ее круп, удерживая ее передними ногами, вцепился зубами в ее шею и...

«Что там за шум?»

«Боюсь, что волк утащил одного из малышей, Ваша Милость».

«Ладно, все равно это не мой, и одним меньше, одним... Я хотел сказать... Да, конечно, сейчас я спущусь и разберусь. Но, прошу тебя, зови меня Вишкой».

Слюнявый волчишка уцепил лосенка за шкирку и ползком сматывался, чтобы обглодать в зарослях. Я наподдал ему сзади рогами так, что он отлетел, болтая лапами. Тем временем из кустов выскочила еще пара этих вонючек и теперь один повис у меня на загривке. Я уперся передними и взбрыкнул, чтобы сбросить его. Они выбрали неудачное время. Третьего я насадил всем весом и покончил с ним. Остальные дали деру, и я решил, что нескоро увижу их снова. Но вечер уже был испорчен. У меня кровоточили две ноги и живот. День выдался долгий. Улегшись на хребет, брюхом к небу, я дал телкам меня облизать. Мне было слышно, как одна из них говорила другой: «Ну, что я тебе говорила? Вишка им покажет». Потом я провалился.

На следующий день, прежде чем я пришел в себя, показались рыси, а потом еще, к вечеру, пара ублюдков, которых завлек из долины запах девочек. Разобраться с ними оказалось бы нетрудно, будь я в другом состоянии, а не тряпка тряпкой. Но вы можете себе представить, что бы случилось, если бы эти типы смогли удовлетворить свое желание. Пришлось пойти на риск. Заставить себя протрусить, делая вид, что ноги в порядке, и только Бог знает, как я при этом все проклинал от боли. Потом перед самым задиристым из двоих я издал то, что называется «последний мык», который и здесь, наверху, и там, внизу, означает, что сражаются до конца. На мое счастье, эти оба типа повернули рога, но если бы у них хватило отваги атаковать... лучше об этом не думать. Мне было слышно, как девочки говорили: «Вишка – молодец. Ты видела? Они обделались». Потом я грохнулся на землю.

Назавтра я слегка оклемался, ко мне возвращались силы, а вместе с ними некое жжение. Решив посвятить этот день Любе, я позвал ее, а она не заставила себя упрашивать. Но мне сразу же бросилось в глаза, что она нервничает.

«Ты все еще боишься своего доброго Вишки?» – промычал я с жеребячьей улыбочкой.

«Нет, господин мой, не в этом дело, а в том, что мне послышалось, что в лесу стреляют».

«Наверное, дорогая, тебе почудилось. Не могут же несчастья идти подряд, это просто от волнения, я и сам...»

Прогремел выстрел, а вслед за ним в зарослях раздалось и оборвалось мычание.

«Я погляжу, что там можно сделать, но в следующий раз сделай одолжение, зови меня Вишкой».

Я спустился в лес и отвлек охотников на себя, пока стадо спасалось. Я шпарил по горе и по долине вдоль и поперек, оставляя следы и заметая их. Два раза по мне стреляли, и мне достался заряд дроби. Глубокой ночью, совершенно обессиленный, я еле-еле вернулся на вершину.

Пара лосих еще не спали. Я слышал, как одна из них бурчала другой: «Какой Вишка молодец! С ним мы можем спать спокойно». Потом я рухнул.

Назавтра я проснулся в отличном настроении. В наших краях охотники никогда не появляются чаще, чем раз в неделю. Волкам и рысям я показал, что к чему, а лоси... им было лучше держаться подальше. День был солнечный и теплый, а когда воздух чист, на панораму Скалистых гор и впрямь стоит поглядеть. Может быть, объяснение в том, что я лось, но мне эти изрезанные гребни представляются непобедимыми рогами. Я издал протяжный рев. Потому, что захотелось. Было бы приятно, если б с других вершин откликнулись несколько других вожаков. Ведь на всех вершинах были мы, лоси.

Дети весело паслись, и стадо было безмятежно. Я пощипал немного травы, а потом подозвал к себе девчат.

Как здорово скакали мои кобылки! Мы в работе отставали от плана, и не стоило ждать вечера. Отныне и впредь я собирался делать, что мне вздумается, совершенно не стоило стесняться у себя дома. Была Люба, была Лара, потом Ольга, потом Лосена... Клянусь Сохатым, я был взбудоражен, как молокосос!

«Девочки, сегодня мы все вместе поработаем над тем, чтобы обеспечить стаду обильное и крепкое потомство. Люба, пойди сюда», – так я обратился к ним.

«Боюсь, мой господин, это невозможно».

«Такие вещи даже в шутку не надо говорить...»

«Сезон течки закончился, мой господин, и для этих вещей мы должны дождаться следующего года, если мы еще будем иметь честь вашего присутствия. А пока вы остаетесь нашим единственным господином. Не будете ли вы так любезны, чтобы опустить эту ветвь, чтобы мы...».

Яна недвижно развалилась в пруду, наполовину почти погрузившись в ил, где тонули ее паразиты.

«Ну и несет от Вас, Ваше Сохатство!» – заорала она.

Глава 6

Не все то золото, Вишковитц, что блестит

Едва родившись, я сразу же услышал комплименты.

«Какой красавец! – восхищалась мама. – Прямо взрослый тараканище. Он поярче других, да и попривлекательней!» Она впрямь была довольна тем, что видела. Новым-новешеньким я, наверно, выглядел очень недурственно.

Поздравив себя с появлением на свет, я взглянул окрест себя, дабы убедиться, что поблизости нет хищников, вышло бы неприятно, закончись праздник сразу. Вокруг было множество других сопляков, едва вышедших из стадии куколки, старающихся выкарабкаться из своих «груш» или с трудом пытающихся прогуляться. Мне понравилась мысль начать жизнь, имея перед ними преимущество, пусть даже такое мимолетное, как красота. Но папа утишил мой энтузиазм.

«Не слушай мать, Вишка! Красота не дает таким, как мы, никакого преимущества».

«Ты так думаешь?»

«Я в этом уверен, сынок, и стоит тебе сразу же узнать, что к чему. Мы, парень, навозники, и единственное, что имеет значение в нашем бытии, это... дерьмо».

Я окаменел от ужаса. Сразу не разберешь, что он имел в виду, но то, как он это произнес, удрученно ссутулившись в своем хитиновом покрове, навело на меня тоску.

«А сейчас, однако, надо отметить, – продолжил он. – Это деликатес, он тебе понравится». С некоторым беспокойством он предложил мне темный шар, который держал между придатками. Я недоверчиво попробовал самую малость. Это было омерзительно. Боже мой, подумал я, неужели вся наша жизнь вертится вокруг этой дряни?

«Ты наш первый ребенок, Вишка, и нам было нелегко произвести тебя на свет. Требуются трехсантиметровые шары продукта, чтобы вырастить личинок, мы их зовем «груши», а ведь они нам не даром достаются».

«Сильная конкуренция?»

«Ты, парень, угадал. Засуха, нет ни стад, ни табунов, продукта мало, а нас много. В килограммовой кучке за десять минут насчитаешь тысяч пять навозников. Включая эндокопридов, копающих, катающих...»

«Эндокоприды?»

«Да, это тоже скарабеи, крохотные ублюдки, которые затесываются в шары, которые ты катаешь, и пожирают их изнутри. Зазеваешься, так они у тебя и личинку съедят! Потом есть еще *heliocopris*: это копальщики, настоящие бульдозеры, зверюги, весящие больше двадцати граммов, если с таким повстречаешься, сын мой, уверяю тебя, возражать ему не стоит».

«Я это, пап, учту».

«Но пуще всего остерегайся тебе подобных. Потому что выкопать, округлить и пропихать «грушу» – очень тяжелая работа, надо минут тридцать, если ты уж очень шустрый, то двадцать. Навоз разный, при обработке приходится проверять влажность и консистенцию, потом нужно найти какой-нибудь выступ, округлить его, отделить и катить, упираясь головой и отталкиваясь задними конечностями, а тем временем, пользуясь лапками как граблями, нужно разравнивать на нем все испражнения, что тебе попадутся. Эти операции расходуют энергию. Получается, что наивыгоднейшая стратегия, чтобы обзавестись шаром, – украсть его. Когда ты совсем выбился из сил, а «груша» готова, тут-то и приходится защищать ее, как будто в ней твоя жизнь, а не то силой отнимут. Даже твои лучшие друзья, те, с кем ты вместе вырос. Этот продукт, Вишка, материя, которая сильнее нас, она сжирает нашу душу».

«Папа, а зачем нужны эти отростки под крышками?», – мне захотелось переменить разговор.

«Это перепончатые крылья, они нам позволяют летать».

«Летать! Ого, вот это новость!».

«Учти, однако: полет требует кучу энергии. Прежде ты должен увеличить скорость своего метаболизма, повысить температуру тела, а для этого приходится подрожать».

«Дрожать?»

«Дрожь заряжает тебя энергией и подготавливает тебя к действию. Однако для этого необходимо сперва поглотить достаточное количество продукта. А в наши дни, вообще-то, энергии едва достает на то, чтобы обзавестись материей, а материи едва хватает, чтобы запастись энергией. Летать ты можешь себе позволить только чтобы первым поспеть к лепешке говна. В конце концов, Вишка, все сводится к нему».

«К материи».

«Н-да. Тем не менее не думай, что наше занятие как-то презренно. Напротив. Мы, навозники, краеугольный камень экосистемы. Мы не только уничтожаем дерьмо, которое в противном случае накапливалось бы на земле, удушая растения, но и делаем почву плодороднее и лучше снабженной воздухом, мы задерживаем распространение паразитов и других болезнетворных организмов, снижаем численность мух, которые плодятся в испражнениях», – произнес мой отец, возбуждаясь и дрожа (насколько это допускал его метаболизм) от гордости.

Назавтра мы вылетели пораньше, чтобы наверстать потерянное из-за моего рождения время. Я уже начинал чувствовать себя виноватым, как тут же мы завидели стадо слонов на водопое. Папа советовал мне специализироваться, и копрофагия слоновьих продуктов казалась наиболее многообещающим путем. Мне объяснили, что эти звери весьма редко наступают на свои продукты, но все равно трудно было себе представить, что у кого-нибудь хватит духу ринуться туда в середину и утащить это. Тем не менее, едва первый груз был сброшен, тысячи насекомых материализовались как по волшебству и набросились на это вещество. Мой отец был среди первых. Мое дело было научиться, понять его движения, ознакомиться с неожиданностями, но очень скоро сцена превратилась в мрачный ад тел и дерьма, непонятную свару: удары, крики, ругань. Я застыл, подавленный вонью, трубными кличами, ужасом, и молил Бога, чтобы он смилостивился над нами.

Мне и впрямь показалось чудом, когда я увидел, как из месива показались усики моего родителя. Он продвигался с трудом, ухватившись за славный шарик, побольше, чем он сам. Такого количества не хватило бы, чтобы подарить мне брата, но калорий в нем было достаточно, чтобы дотянуть до следующей битвы. Он махнул мне надкрыльями, смертельно усталый и избитый, но его ротовые придатки были согнуты в гримасе довольного предвкушения. Его радость, однако, продолжалась совсем недолго, потому что из-под какого-то листа выскочили двое и начали его избивать. Они опрокинули его и схватили «грушу». Мой отец возобновил схватку, и эти типы снова принялись его обрабатывать. Я поспешил ему на помощь, но, не научившись ускорять метаболизм дрожью, тоже оказался брюхом кверху, и меня тоже отдубасили. Когда ко мне вернулось сознание, я увидел, что от моего отца остались немногие рассеянные фрагменты. Вдали я заметил удалявшихся с добычей убийц. Вместе с ними была моя мать, поспешившая присоседиться к колеснице триумфаторов.

С того дня я дрожу без проблем. Я был один против всех. В этом безбожном мире сохранялась единственная ценность: Продукт. В Него единого я верил. Смысл жизни я начал измерять в граммах.

Я присоединился к банде юнцов, грабившей и избивавшей слабых и старых. Я участвовал во всевозможных преступлениях. Ведь право сильного, уговаривал я себя, не мною выдумано. Но пара «груш», украденных у отца семейства, не могла удовлетворить мое неограниченное стремление к обладанию. Что ж, я решил поискать богатства у самого источника, из которого оно проистекало, и я начал цепляться за мех производивших его животных и ездить на них. Так я экономил силы, а когда они скидывали груз, я всегда оказывался первым. Если ветер сносил запах в мертвую зону, например над зеркалом вод, могло пройти целых полчаса, пока соберется толпа. Работа была чрезвычайно трудной, но она щедро оплачивалась, и скоро у меня был достаточный капитал, чтобы завести собственное дело. Я нанял работников и окружил себя личной охраной. Скоро я очутился во главе организации, контролировавшей гектары саванны, имевшей исключительные права на многие стада, а кроме того, контролирующей соотношение курсов валют, фондовый рынок и движение накоплений. За один сезон я сколотил состояние, оцениваемое в центнеры продукта, значительная часть которого была текуча, ликвидна.

Я стал насекомым успеха, вызывающим зависть и восхищение, которому приносили дань уважения и преклонения, присущих самой Субстанции. Я думал: «Вот все счастье, какое только может достаться жуку». И был неправ.

Я увидел ее в венчикс орхидеи. Ее экзоскелет был красен, как заря, ее щиток был вихрем золотистых сполохов, словно заключенное в лепестках солнышко. Что вам о ней рассказать? Ее красота одновременно была плотоядной и разноядной. Каждая часть ее тела, каждый сегмент, переднегрудь, среднегрудь и заднегрудь, плейриты и стерниты, каждый вертлужок, каждая стигма были для моих глаз праздником и мукой. Она была царицей скарабейных, и я не мог жить без нее. Наконец любовь обрела лицо, получила имя: Люба.

Я было подумал послать ей букет ценных валют, но немедленно понял, что этого делать не следует. Не богатством хотел я завоевать ее сердце. Она только прибыла с муссоном и ничего про меня не слыхала. Она обожала говорить о цветах, деревьях, камедях, плодах – к чему жуки обычно не склонны. Она могла часами беседовать, ни разу не помянув бурый продукт. Ах, какой свежестью веяло от нее. Ее очаровывало все нежное, ароматное, яркое, и эта ее страсть была так заразна, что впервые жизнь показалась мне приключением, полным изумления и тайны, а мир – средоточием совершенства, созданным для чествования гармонии между насекомыми и творением.

Я сказал, что люблю ее.

«Ты мне тоже нравишься, Вишка. Я бы хотела быть твоей подругой».

«Ты хочешь сказать, что я тебе нравлюсь таким, как я есть, как насекомое, что тебе не важно, много ли у меня добра?»

«Ну конечно, какое это имеет значение?»

Я почувствовал, что таю. Это явь или сон? И у жуков есть сердце? Мы стали готовиться к брачному вылету, и ни разу – подчеркиваю, ни разу – она не попросила у меня что-нибудь ей подарить или даже накормить ее. Наконец, до конца уверившись в ее искренности, я решил выдать ей премию, которую она заслужила, и проводил ее к одному из моих владений, бассейну с дерьмом, имевшему площадь в десять квадратных метров. Запасы сторожили мои охранники.

«Это все твое, – объявил я. – И это лишь малая часть моих владений, империи, простирающейся отсель до озера Виктории».

«Ты шутишь».

«Отнюдь, гляди, – я нырнул головой вниз в свое богатство. – Давай сюда, это же теперь твое!»

Люба не могла поверить своим глазам. «Ты зовешь меня окунуться в... это?» – пролепетала она.

«Ну, дорогая, я понимаю, что тебе стыдно, но мы же, в конце концов, навозники».

«Если это шутка, Вишка, то дурного тона. Я *melolontha*, из чистокровных майских хрущей! Никто никогда не называл меня таракашкой.

«Хрущ? А в чем разница».

«Я вижу, что тебе невдомек. Вы – твари с темным карапаксом, которые жрут неописуемую гадость. Мы же, майские хрущи, ярко окрашены, питаемся пыльцой, благовонными смолами и сахаристыми веществами. Мы можем летать часами и обожаем поэзию, танцы, хорошую компанию и, прежде всего, Вишка, чистоту. Уверяю тебя, до сих пор я никогда не видала хруща твоего роста и размера, купающимся в дерьме. А теперь я ушла, здесь воняет, а ты – омерзителен».

Она надрожала так, что, наверное, могла бы перелететь океан, и мне, вероятно, никогда больше не предстояло ее увидать.

Я же остался, где был, раззявив щупики, пытаясь что-то понять. Майский хрущ? А родители? Может быть, потому-то в нас и было так мало сходства. Может быть, они забыли, куда отложили яйцо. Может быть, им надоело одиночество. Бог мой! Может ли быть... Я был в совершенной растерянности. Кто я такой? Зачем я плавал в этом продукте? Мне надо было выбраться, догнать Любу, объяснить ей, в чем дело, и построить с ней чистую жизнь. Ну, Вишка, двигай, сказал я себе. Но мне не удавалось задрожать, почувствовать такое отвращение, чтобы содрогнуться и накачать свой метаболизм для полета. Слишком велико было удовольствие от этой бальзамической ванны, благоухание этих миазмов, удовлетворение от вида черни, не только жесткокрылых, но и полужесткокрылых, сетчатокрылых и вислокрылых, столпившейся у ограждений поглазеть на меня и помечтать. На какое-то мгновение мне померещился среди них вибрирующий хитиновый покров моего отца. Он вибрировал от гордости за сына – который добился, который, благодаренье Богу, попал, который был в этом по горло.

Глава 7

Ну, Вишковитц, и свинство

Свиньями рождаются, и мы, Вишковитцы, были такими уже несколько миллионов лет. Но иногда было трудно не забыть про это. Там, где мы жили, в поселке кочевников мяо на юге Китая, под одной крышей обитали все: мужчины, женщины, свиньи. Недаром идеограмма *цзя* (свинья под крышей) значила «семья». Эти люди так нас ценили, что при нехватке чушек женщины кормили поросят грудью.

Все это создавало у нас, свиней, в голове некоторую путаницу.

Именно чтобы все четко объяснить, последними словами моей матери, как раз перед тем, как ее закололи, были: «Всегда помни, сынок, кто ты такой: свинья. Старайся всегда жрать, как свинья, вести себя по-свински и думать всякое свинство. Пусть дом твой будет свинарником, и поступай со всеми, как свинья, к своей выгоде, как твой отец, который большая был свинья».

«Да, мама, обещаю», – прохрюкал я, всхлипывая. И сразу сунул рыло в корыто, чтобы не слышать, как ее будут убивать.

Смерть моей матери, да упокоится эта хрюшка в мире, была для меня невосполнимой утратой и обозначила, увы, начало той печальной цепи событий, которая привела к моей гибели.

Начались празднования *чунь цзе*, китайского Нового года. Год Дракона уступал место году Змеи. Это были радостные для людей и траурные для свиней дни. Но и нам выпадали удачные часы, возможности пообщаться и гульнуть. Обитатели соседних селений объединялись для ритуальных танцев, для обрядов сева и обмена, и в это-то время и занимались ухаживанием и заключали браки. Чтобы свадьба могла состояться, нужны были мы, свиньи.

Как раз тогда одна девушка из нашей хижины выходила замуж за парня из соседней деревни, и он давал в вено двух молочных поросят и свинью. Такой выкуп не казался значительным, но только пока не поглядишь на свинью. Я так всю свадьбу только на нее и глазел. Это была жирная и задастая красавица, со светлой кожей и косо вытянутым рыльцем. Запашок бабируссы и хвостик кренделем нежно задевали самые свинские струны моего сердца. Она вальяжно переваливаясь, выступила вперед. Я сразу унюхал, что она считала себя царицей свинарника.

«Меня зовут Лю-ба, – прохрюкала она, – что на нашем наречии означает “жемчужина среди свиней”».

Ну и чувиха, мамочки!

«А меня зовут Вишковитц», – хрюкнул я.

«Что означает?»

«Да ничего. Что я грязный свин по имени Вишковитц, барышня... Иди-ка сюда... Тебе говорили, что у тебя хорошенькое рыльце?»

«Рыльце? Вы хотите сказать, прелестное лицо?»

«Разумеется, разумеется... – я начал нижней губой потирать ей шею, и пусть себе болтает, что вздумается. И шкурка у тебя приятная».

«Вы хотели сказать, хороший цвет лица».

«Разумеется, разумеется... – похрюкивая да пуская слюни, я обнял ее за крупище. – Ах, что за окорока... я хотел сказать, конечности, графиня...»

Тут-то она и повернулась и так меня хватила клыками, что я враз увидал все десять *тянь гань* лунного года.

«Ты за кого меня принимаешь, за одну из этих твоих шкур?»

«Но ведь в свинарнике нет других самцов».

«Я никому не принадлежу, только своей душе (*лу у*), воспитанной на учении Восьми Бессмертных (*Ба Сянь*) и Пятисот Святых (*Лохань*), своему духу (*фу*), который я взрастила, упражняясь в Кви Гонге и в следовании Пяти канонам (*У Цзин*), своему достоинству (*кунь*) и своей жизни (*линь*), которая служит добру и Свинятости».

Я обмер, будто меня в колбасу превратили. Ну что ты скажешь хрюшке, которая талдычит тебе о свинятости?!

Клычками она показала на людей, жениха и невесту, которые танцевали: «Погляди, как внимательны люди к своим самкам. А разве я хуже?»

«Ну уж нет».

«Бог с ней, с церемонией причесывания (*шань тоу*), бог с ним, с ритуальным гороскопом (*ба цзи*), но хоть раз станцевать в день моего *цзе хунь* я хочу».

Я поглядел на танцоров. Ритм танца не казался трудным, довольно монотонные четыре четверти.

«Я бы все отдала, чтобы станцевать с ними, Вишковитц, все».

Так и случилось, мамочки, что хоть намерения у меня были самые свинские, я сделал первую в своей жизни большую ошибку.

Приплясывая направился я к взбаламученной сцене своего проклятия. Под изумленными взглядами свиней и прочих мы с Любой протиснулись между танцующими и, удерживаясь на задних ногах, отдались плавному свингу. Опьянение от музыки и опиумный дым заставляли меня выдумывать самые смелые па, и скоро мы с Любой завладели общим вниманием, сорвали аплодисменты. Я крутился, обменивался партнершами, делал пируэты, потом снова танцевал щека к щеке. Когда, наконец, я понял, как смешно это выглядит, было уже поздно. На таких сборищах всегда бывали торговцы опиумом и яшмой, готовые купить все, что обещает прибыль. Один из них решил на нас заработать.

Нас продали в известный шанхайский цирк, и так начался долгий крестный путь моего унижения. Моя любовь к Любе стала сюжетом клоунады, которая мало-помалу выросла в самое настоящее супершоу, разыгрываемое двенадцатью свиньями. Тут был номер с укротителем, летающие поросята, хряки на велосипеде, а главное – большой и впечатляющий заключительный бал со свинками в белых пачках, в котором мы с Любой давали представление под звуки сонаты Штрауса: она в розовой пачке, а я в голубом трико.

Всех нас, участвующих в спектакле самцов, выхолостили.

В таких обстоятельствах, мамочка, трудно было чувствовать себя настоящей свиньей. Отчаянно пытался я кататься в грязи, выхрюкивать самые сальные непристойности, но все это было уже не то. Каждый вечер, когда под лучами софитов я обнимал Любу, я искал не соприкосновения кож, а слияния душ. Но в ее глазах я читал презрение к жирному и кладеному паяцу. Тут публика принималась аплодировать моим слезам и торжественной трагичности ритмического узора моей роли. Мне становился все важней и важней миг, когда, кланяясь, чтобы принять приветствие зала, я чествовал радостью тщеславия триумф моего поражения.

Но унижения не кончились. Как-то, во время нашего японского турне, пожилая бизнесменша из Техаса посетила меня в моей уборной, похвалила мое исполнение, нахально позволила себе погладить меня и купила мою личность. За меня было заплачено, как я позже узнал, сто двадцать тысяч долларов, наверное, самая большая сумма, когда-либо предложенная за кого-либо из нашего семейства, *свиньи*.

Я долетел с ней до Далласа, а потом, на частном вертолете, до ее виллы в Амарилло. Вольное поведение старушки заставило меня первоначально предположить, что она хотела удовлетворить какой-нибудь экстравагантный эротический каприз. Но это было не так. Не принадлежала моя хозяйка и к лиге защиты свинячьего рода.

У старухи была сестра, которая незадолго до этого протянула ноги, оставив завещание, в котором говорилось примерно следующее: «Оставляю все этой свинье Адриану Дж. Стинсону, единственному, кто когда-либо сумел меня развлечь, и который умел выплясывать фокстрот так, что казалось, это танго».

Поскольку бедняга Мр. Стинсон уже скончался в приюте, адвокаты старухи пытались представить дело так, чтобы «этой свиньей Адрианом Дж. Стинсоном» считался я и чтобы тем самым я оказался единственным наследником, а денежки пошли в карман к старухе. Это был грязный трюк, настоящее свинство, и я охотно вошел в мизансцену, мне было нетрудно доказать что «этой свиньей» мог быть только я, хоть и нелегко было пройтись в пасодобле под этакую мазурку. Искусство адвокатов и могущество старухи довершили дело. («*Lawyers these days can turn a case which way they want, piggy*».)

Так мне выпало одно из крупнейших состояний Америки. Тут уже не было никаких пределов моей деградации. Я стал топить свою боль в шампанском, жевать кубинские сигары, встречаться с глупыми звездочками кино и продажными политиканами. Пока однажды, во время приема в мою честь, перед блюдом с ветчинными трубочками, не решил покончить со всем этим. Тщетно пытался я повеситься на галстуке, зацепив его за люстру, но потом сумел все же выброситься из окна. На беду, я плюхнулся на тент и отскочил от него, как мяч, свалившись в огуречную грядку. Так что кости я себе переломал, но с несчастиями не покончил.

Этот случай только увеличил мою популярность, и теперь я здесь перехожу от одной *network* к другой, раскручиваю новую линию товаров, позирую для обложек. Старуха говорит, что я буду первым животным, которое станет президентом Соединенных Штатов, в самом деле, денег на избирательную кампанию мне хватит... Как жаль, мамочка, какая жалость, что все твои наставления...

Хуже всего то, что именно теперь, когда благодаря моим возможностям становится доступным сделать что-то для Свинятости и наших ценностей, именно теперь, говорю, я все больше испытываю противоестественное влечение, самую настоящую зависимость, к симфонической музыке, фламандской живописи, белой фланели, французским сырам, старому немому кино, «роллс-ройсам»...

Но обещаю, мамочка, обещаю тебе, что если меня изберут...

Глава 8

Далеко пойдешь, Вишковитц

Я осознал свою гениальность прежде чем родился на свет.

Во мраке матки, когда мои братья еще были бесформенными эмбриончиками, наростами на плаценте, я уже нашел путь к выходу и за несколько недель до срока пустился по нему. Я знал, что предназначен для выдающейся жизни, и не хотел терять времени.

«Ты, Вишка, – объявил мой отец, – наверное, самый умный грызун из всех, кто когда-либо существовал. В этой лаборатории десятки лет работали, применяя искусственный отбор, над тем, чтобы создать подобный тебе феномсн. Само твое имя, V.I.S.K.O.V.I.T.Z., это аббревиатура от Very Intelligent Superior Kind Of Very Intelligent and Talented Zootype, так что гордись.

«Я до некоторой степени польщен, папа».

Мне немного понадобилось времени, чтобы всем показать, из какого я выпечен теста. Еще прежде чем полностью отказаться от материнского молока, я уже понял, что, пользуясь кислотами или сычугом, можно получить творог и разнообразные сырные массы: мягкие и волокнистые, домашний сыр и копченый, а также сыворотку. В эти же перзые дни я стал упражнять мой музыкальный талант на сетке клетки, заинтересовался гармоническими прогрессиями и рассмотрел модальные вариации, наиболее созвучные крикам боли, издаваемым мышами в других отсеках. Подобрав контрапункты, мне удалось разрешить их диссонансы весьма и весьма эвфоническим образом. Когда попытались измерить мои способности, сразу же выяснилось, что эта задача неразрешима: в лабиринтах я никогда не забегал в тупики, да и в других тестах на обучаемость я находил решение прежде, чем формулировалась задача. С *чем* они могли меня соизмерить?

А вот наинизший балл, задающий «единицу измерения глупости», в этих опытах получил Жукотич, исключительно тупой субъект, выведенный многопоколенным инбридингом самых слабоумных пород нашей лаборатории. По иронии судьбы клетка этого кретина стояла рядом с моей, и казалось, что исследователи уделяют ему такое же внимание, как и мне, как будто глупость – достоинство, сравнимое с гениальностью. Несообразности на этом не кончались. Когда нам были назначены наиболее генетически подходящие партнерши для спаривания, сразу же выяснилось, что в крысках острота ума и красота кодируются разными генами. Моя подруга, Яна, была неуклюжей и косноязычной кротихой, тогда как жукотичева Люба вся, от жевательной поверхности верхних моляров до последних чешуек хвоста, была самой совершенной формой, какую только мог представить себе обладающий наиболее развитой фантазией, то есть мой, мозг. Так что, пока мне приходилось выслушивать, как нудно растекается Яна о реальгаре, о батрахомиомахии, о влиянии мышьяка на мускулатуру, или какую-то дребедень о теории мышления, в соседней клетке красота приносилась в жертву глупости.

Не лучше людей относились ко мне мыши лаборатории. В нашем обществе ум и культура были виной, а не заслугой. Эти несчастные на собственной шкуре испытали жестокость экспериментального метода и ни на йоту не верили в пользу наук, да и разума вообще. Они мечтали добраться до Канализации, мифического места, о котором проповедовал некий самозваный пророк, объявившийся из уборной; это была благословенная Шангри Ла, полная мрака и гнили, далекая от злодеяний прогресса и цивилизации, где все уходило в вонючую, бальзамическую, мускусную жижу.

В такой атмосфере, конечно же, роли гения не могли приписывать большого значения. Но я знал наверняка, что мой разум был задуман с какой-то целью, что он был включен в трансцендентную силу, которую можно называть кому как нравится: история, сообщество мышеобразных грызунов, божья воля. Мое время должно наступить, надо лишь запастись терпением.

Так и вышло.

Однажды Петрович, гигантский «сверхмышь», продукт генной инженерии, одолел ограду своей клетки и, повернув снаружи ручки, выпустил из клеток мышей отсеков Хирургии, Фармакологии и Анатомии. Бестолковая толпа истерзанных и увечных бедолаг начала тесниться в проходе. Никому, *ab invidia*, не захотелось освободить нас, привилегированных из отсека Психологии. Только потом, когда стало ясно, что никто из этих бездарей не имеет никакого понятия о пути ни к сточным трубам, ни к иному избавлению, сообразили обратиться ко мне.

«Мудрый V.I.S.K.O.V.I.T.Z., повелитель лабиринтов, веди нас», – умоляли меня с приторной лестью.

Коридоры лаборатории образовывали лабиринт, а потому ясно было, что я избран и уготован, дабы исход сей ко благу завершился. К чему иначе были все эти месяцы, проведенные в разматывании спутанных клубков, в беге по темным галереям, в разрешении хитрых задач? Мог ли я уйти от лежащей на мне ответственности и отказаться вести мой народ?

«В путь!» – прокричал я и показал дорогу. Решительно двинулся я по первому коридору налево, а потом по второму направо.

В моих опытах с лабиринтами я заметил, что чаще всего любая задача по ориентации решается, если сначала пуститься по первому ходу налево, а потом – по второму вправо. Не надо было быть гением, чтобы понять, что и на этот раз решение будет тем же.

Так и вышло. Эти два поворота привели нас в уборную. Едва я увидал вверху над нами кнопку, весьма сходную с теми, что приходилось нажимать в ходе опытов на обучаемость, все мне стало ясно. При нажатии на эту кнопку воды прохода чудесно расступились перед моим народом, и каждый грызун был засосан ведущим к цели отверстием. Спустя минуты мы купались в предсказанной пророком манне.

Мои спутники ошеломленно оглядывались, захваченные очарованием пейзажа. После долгих лет асептических помещений и гигиенических поилок они были восхищены этой загрязненной, помойной природой, этим стойбищем миазмов, этими лесами плесени, всеми этими нечистотами. Пометив все своими выделениями, я официально от имени моего народа принял все это во владение. Затем я затеял приветственное слово и в простых, доступных слушателям выражениях постарался разъяснить правовые основы, на каковых я намеревался построить наше общество крыс. Ни разу не упомянув термина «евгеника», я, однако, постарался дать им понять, сколь полезно для будущего нашего рода было бы, если бы я имел *liaison* со всеми имеющимися сверхмышками и породил для всех нас отменное, способное славно показать себя сверхпотомство.

Мое выступление, однако, было внезапно прервано нападением орды туземных мышей, посеявшим панику и расстроившим наши ряды. Отважнейшие из нас оказали достойное сопротивление, но очень скоро мы потерпели полный разгром.

Я улепетнул не мешкая.

Скоро стало ясно, что это место отнюдь не тот элизиум, что нам расписывали, но обиталище варварского племени свирепых крыс, более крупных, чем наши сверхмыши; здесь действовало право силы и зуба, ни во что не ставившее ни справедливость, ни красоту. Правда, казалось, это не мешало крысам исхода успешно приспособиться к новой среде обитания. Для них, привычных к систематическому насилию людей, насилие себе подобных было как любовная ласка. Но столь чувствительная душа, как моя, какую пользу она могла извлечь из этой разнузданной, промышляющей разбоем компании?

Это не могло быть конечной точкой моей траектории. Нет, не хаос и деградация. Не случайно ведь эти клоаки были устроены как лабиринт. Ведь там, где есть лабиринт, всегда, повторяю, всегда, есть решение, критическая точка. Очевидно, там меня ждало вознаграждение.

Чтобы не бросаться в глаза, я вымазал шубу темным илом и, стараясь выглядеть глупым и безликим, пустился в путь. Встретив первое ответвление влево, я повернул, а потом на втором вправо, потом еще и еще. Но усилия мои были бесплодны. Казалось, что в этих краях в каждом направлении не больше смысла, чем в другом, что никакая дорога прогресса невозможна. Работа разума не помогала, в этой жиже нельзя было различить формы, субстанции, ценности, все размывалось, низводясь до пошлости, однородной нелепости, нечистот.

Наконец, я добрался до сброса, в стоке которого заметил скопление печатных листов, томов, подшивок. Я постарался добраться до источника знания. Обнаружив устье, из которого оно изливалось, поднялся против течения по протоку, и оказался ... в библиотеке университета. Тут я и обосновался. В этом спокойном месте размышлений протек примерно месяц полного одиночества, везде и во всем вел я жизнь библиотечной крысы, пробегая вдоль и поперек огромный лабиринт коридоров, идей, теорий. В короткий срок были поглощены все великие работы западной культуры, обойдены лишь самые прочные переплеты. Что ж, должен признаться, что все это знание оказалось в общем и целом сухой и книжной пищей.

Меня продолжали мучить важные вопросы. Вся вселенная представлялась просто бесконечным рядом лабиринтов, ведущих в другие лабиринты, трубопроводы, коридоры, каналы, дороги. Сколько же еще мне было брести до выхода? Все пути казались равноправными, возвращались на круги своя, не было в них ни начала, ни направления, ни конца. Я продолжал поиски. Но встречались мне все новые лабиринты: метрополитен, дорожная сеть, водопроводная сеть, сеть кондиционированного воздуха... И все же, я был уверен: где-то было избавление от этого нескончаемого цикла пробных ходов и возвратов. Я знал, что стоит мне сунуть в это место нос, я найду откровение, избавление, *Summum Bonum*. Снова пускался я по первой дороге влево, а потом по второй вправо. И снова, и снова...

Наконец, однажды, когда я, совсем пав духом, пробегал очередной коллектор, мрачный, как моя душа, я углядел что-то странное, хотя и мышевидное, покачивающееся на подпотолочных трубах. Это был загадочного вида грызун, и поведение его было столь же своеобразно, как и физиономия: он висел головой вниз, повернувшись ко мне, и казалось, что его вытаращенные глаза указывают мне какую-то точку, какое-то направление. Подобные явления всегда имеют свое *raison d'être*. Поэтому я принял такое же положение, потом стал наблюдать и рассуждать. Благодаря такому полностью перевернутому взгляду и лучшему кровоснабжению головы, мне сразу же открылось решение. Элегантность его бросалась в глаза: довольно было *в точности* из этой точки выбрать первый поворот влево и второй вправо, первый влево и второй вправо... вплоть до замышленной цели, до *топоса**.

Так и вышло.

Это потребовало только времени, а затем, как и было предусмотрено, я достиг выхода. Я воспользовался им и продолжал свой путь, пока меня не ослепил свет...

---

* По-гречески *топос* означает *место*, а по-итальянски *топо* означает *мышь*, причем крыс часто считают, хоть и несправедливо, просто крупными мышами.

Несмотря на это сияние, я легко нашел вход в Отдел.

«Судя по бирке на шее, это одна из наших, – заметил один из исследователей, – но номер никак не разобрать».

«Повторите-ка на нем тесты».

Так я вернулся обитать совсем рядом с точкой отправления. В соседней клетке.

Мне не пришлось долго ждать Великого Воздаяния. Ее шубка и ее глаза были светлы, как Откровение, ослепительны, как Знание. Люба вышла мне навстречу мелкими шажками, повиливая хвостиком, медленно, волосок за волоском, извивая гибкое тело. Ах, как она была прекрасна! Соблазнительная, как интуиция, разящая, как ирония, застенчивая, как истина. Глуповатая, как поэзия.

«Меня зовут V.I.S.K.O.V.I.T.Z.», – сказал я.

Глава 9

А она что ответила, Вишковитц?

С Любой – любовь была любовью с первого взгляда. Она была самой красивой попугаихой на Карибских островах, так что я приблизился к ней не раздумывая. Без долгих предисловий поглядел ей в глаза и сказал: «Я тебя люблю».

«Я тебя люблю», – ответила она. Так началась великая страсть. Нашим любовным гнездышком был весь тропический лес, безрассудный жар юности пылал у нас под перьями, и все небо не могло его вместить. Пенье, пляски, любовь в ритме румбы, мамбы, конги и меренге. Однажды я решился и спросил ее: «Хочешь, мы поженимся?»

«Хочешь, мы поженимся?» – откликнулась она.

«Ну конечно, любовь моя».

«Ну конечно, любовь моя», – был ее ответ.

Вот я и построил самое красивое гнездо во всем архипелаге, и в нем мы провели наш медовый месяц. Крепко обнимая ее, я сказал: «Как мне хочется, чтобы у нас были дети».

Она ответила, что ей тоже этого хочется. У нас родилось двое, сокровища, а не дети: никогда ни слова поперек, никогда никакого непослушания, всегда рады ответить лаской на ласку. Чего еще требовать от жизни? Чего-нибудь новенького. И я начал встречаться с этой, другой попугаихой. Однажды я признался Любе.

«Я кое с кем встречаюсь», – сказал я ей.

«Я кое с кем встречаюсь», – отвечала мне она.

«С Ларой», – продолжил я.

«С Ларой», – выдала она свой секрет.

Что тут сказать. Я оцепенел. Моя жена с моей любовницей. Может, это и к лучшему, но скоро стало понятно, что дальше этот треугольник терпеть нельзя. Так что я пошел к Ларе и сказал: «Выбирай, я или она».

«Она», – был ответ.

Тогда я отправился к Любе и тоже предложил ей альтернативу: «Или я, или она!»

«Она!»

«Ну и шут с тобой!» – сказал я ей.

«Ну и шут с тобой!» – клюнула она в отместку.

Я был по горло сыт этим издевательским подпеванием. Не может же жизнь следовать такому незамысловатому сюжету? Нельзя же и дальше так жить? В отчаянии решился я спросить совета у просвещенного ума, у попугая, заслужившего славу учителя мудрости и духовного руководителя.

«Учитель, – разразился я, – что мы можем сделать, чтобы получать не такие очевидные ответы, чтобы избежать этой обыденности, этой рутины, этой серости? Скажите, учитель, что мы должны делать?»

«Делать», – ответил мудрец.

Глава 10

Ты бы, Вишковитц, лучше помолчал

Головной нашего косяка, который заодно был и учителем, без конца говорил нам: «Благовоспитанная рыба узнается по манере речи. Она никогда не произносит пошлостей, когда разговаривает с тобой, то глядит тебе хотя бы в один глаз, а прежде всего – всегда говорит правду...»

Он говорил нам это, плывя по сложной траектории, изменяя при этом ритм ударов хвоста и спинного плавника: танец – единственный способ, которым большинство из нас, рыб, умеет передавать сообщения. Этот язык плохо подходит нетерпеливым и страдающим одышкой. Потом учитель ловил мой взгляд и неизбежно прибавлял: «Вишковитц, повтори, что я сказал».

На этот вопрос я отвечал молча.

Жизнь научила меня, что единственный способ для рыбы говорить правду, и говорить ее вежливо, – это молчать. А я был благовоспитанной рыбой. Наверное, мне надо кое-что объяснить.

Если для того, чтобы сказать «гидроэлектрическая» ты должен шесть раз скользнуть вверх и вниз и коснуться анального плавника жаброй, ихтиологически невозможно удержать взгляд на собеседнике, да и маловероятно, что он уловит смысл твоих телодвижений. Он может воспринять «угорь» и обидеться. Никто в этом не виноват, виноват язык, отсюда все наши рыбьи проблемы. Возьми, к примеру, мое имя – Вишковитц.

Чтобы правильно его произнести, требуется примерно десять минут, я перестал им пользоваться, кроме как для похудания, к тому же, его ведь легко было неправильно разобрать, приняв за: «Разумеется, раз уж твоя кузина согласна», или: «Покрой меня, нимфа, поцелуями», или даже: «Последовательность называется совершенной, если каждый ее член является пределом возрастающей или убывающей подпоследовательности, и если предел каждой возрастающей или убывающей подпоследовательности принадлежит исходной последовательности».

Путаница не уменьшается оттого, что языков столько, сколько косяков, а диалектов столько, сколько всего рыб. Из-за этого не только сложно говорить, но и молчать столь же затруднительно. Даже такое простое действие, как глотание каракатицы, поддается неправильной интерпретации. Кто-нибудь может воспринять это как метафору: в некоторых культурах чернила каракатицы олицетворяют «зло», «обман», «иллюзорность жизни», тогда как внутренняя раковина каракатицы, морская пена, – «душу», «чистоту». Вот почему я питаюсь одними селедками, да и тех предпочитаю жевать вдали от стай.

В основе этой разобщенности, которой отличается океан, лежит трудность обучить рыбу какому-либо языку. Объясню поподробнее. Если ты покажешь ей ртом ската, а потом телом изобразишь в воде букву «С», обычно она поймет, что это «С» означает ската. То же самое с палтусом, с макрелью, с удильщиком. Но попробуйте, пользуясь этой методой, разъяснить рыбе концепцию «несоизмеримости», или «классичности», или даже просто «истины». Рыба поклянется, что до нее дошло, но можешь быть уверен, что она поняла как-нибудь не так, может быть «отлив», «водолаз», «пузырьки».

Мои ребята все время меня спрашивали: «Папа, как рождаются дети?»

На этот вопрос я отвечал молча.

Некоторые кичатся умением найти в столь затруднительных обстоятельствах нужные слова и сохранить естественный тон. Проще выполнить, чем вымолвить.

Я хочу сказать, что и не воображал, что стану объяснять некоторые вещи, потребовались бы месяцы. Я просто хватал первую попавшуюся самку с икрой и показывал, как это делается. Не важно, что у меня уже была большая семья. Ведь у нас, рыб, или, во всяком случае, у нас, корюшек, секс никогда не бывает чем-то стыдливо интимным или дерзким: самка откладывает икринки в гнездо, а мы их оплодотворяем, даже не дотрагиваясь до нее. Нам довольно глядеть на ее цвет и любоваться балетом, который она нам устраивает. На самом деле, и в самке нет нужды. Проведенные людьми исследования продемонстрировали, что достаточно ее изображения на картонном силуэте, чтобы мы оплодотворили эту икру. Даже если икры на самом деле нет. Мало того, мы продолжаем охранять эту несуществующую кладку и овевать хвостом, снабжая кислородом. Обратите внимание, это не означает, что мы такие уж глупые. Это означает, что природа предпочитает перестараться, чем недоделать: если бы секс и размножение требовали не врожденного языка, а были бы предоставлены недоразумениям рыбьего языка, собеседник мог бы решить, что речь идет о кубинских танцах или о чем другом. Конечно, случаются и крайности, как с Жукотичем, который своим несуществующим детям присвоил имена, воспитал и дал им образование. Это уж слишком.

Во всяком случае, с собственными детьми лучше всего общаться поменьше, ограничиваясь простыми поучениями, вроде: «Не говорите пошлостей – прежде пробуют на деле», или: «Никогда не говорите: “Осторожно, друг, это наживка”, – сперва добейтесь, чтобы у вас появился новый друг».

Мои подружки имели дурную привычку спрашивать: «Вишковитц, ты меня любишь?»

На этот вопрос я отвечал молча.

Отчасти потому, что никогда нельзя быть уверенным, что задан именно этот вопрос. Если с ним обращается морж или осьминог, то это можно исключить, исходя из контекста, но даже если с тобой разговаривает мать твоих детей, предпочтительно не брать на себя обязательства точным ответом, ведь если с тобой спаривается рыба из другого косяка, то для нее «любовь» наверняка означает что-нибудь отличное, скажем, «чесать плавательный пузырь» или что еще. Точно так же, если она тебя просит почесать, на самом деле она может желать чего-то гораздо большего, и предпочтительно не связываться обязательствами.

Вот, например, моя первая жена, Лара. Она была с другого атолла, и когда я с ней познакомился, не могла меня понять, даже когда я говорил «сардина». Так что мне пришлось учить ее с самого начала, с таких понятий, как «хороший» и «плохой», «рыба» и «ракообразное». После чего я перешел к новейшим идиоматическим выражениям и к архаическим словосочетаниям, сохранившим поэтическую ценность. Однажды, через год после свадьбы, я брякнул: «У нас в стае есть такой Жукотич, у него бывают приступы морской болезни, ты только подумай!»

А она: «Занятия йогой? Не думаю, что они пойдут тебе на пользу».

В растерянности я решил переменить разговор и выбрал тему побезопаснее: «А сегодня прохладно, милая».

А она: «Икра? Нет, я против аборта».

Тогда я понял, что вся наша любовь – сплошное недоразумение, понял, откуда взялись все эти взгляды, полные ненависти, и те, что внезапно лучились любовью, разобрался в странной истории с дедушкой, бежавшим из коробки сардин. Я решил, что нам лучше разойтись, и, чтобы избежать недоразумений, сменил море.

Потом меня поймали и посадили в аквариум. Только тут дела пошли лучше. Тут я познакомился с моей последней женой, Любой, самой понимающей из моих подруг, наименее неоднозначной. Сперва у нас тоже были трудности: ее совершенная красота несколько лишала меня уверенности, стесняла меня. Потом, отчасти благодаря ее долготерпению, мы их преодолели: со временем мы разработали свой совершенный коммуникационный код, состоящий из мелких жестов и длительных пауз.

Я помню день, когда она говорила со мной о своей душе. Я приблизился к ней, сделав пируэт, как будто чтобы сказать: «Я ласкаю тебя в своем сознании, какое глубокое очарование привязывает меня к тебе? Я надеюсь на твою заколдованную чешую, я различаю в твоем бархатистом профиле бесконечную тайну нежности». Она ответила мне ленивым, трудноразличимым движением хвоста, которое могло означать многое, но я понял его как: «Любимый, не надо долгих прелюдий, мое существование не любит расслабленного покоя, но алчет сексуальной ненасытности и свободы от всех обязанностей». Тут я поцеловал ее, чего рыбы обычно не делают.

С того самого дня, с тех пор, как я понял, что она – всего лишь картонный силуэт, наши отношения стали яснее, общаться стало легче, а секс – фантастическим.

Глава 11

Тебя, Вишковитц, голыми руками не возьмешь

Появляться на свет всегда бывает не слишком приятно, а уж для нас эта четверть часа оказалась чрезвычайно пакостной. Внезапно разродившись нами, мама глянула на нас с отвращением и выдала тираду: «Проклятые чудовища, произведения злого духа, гнусные создания!» А потом, вздымая клешни горé: «Прокляни, Могущий, сие недостойное потомство и прокляни семя их, очисти творение от их мерзости, да смилостивится над ними Злосердный!»

От матери почему-то ждешь, что она тебя как-то по-другому ободрит.

Ты ждешь от мамы какой-то арахноидной формы привязанности, ждешь, что она тебя покатает верхом, как делают мамы скорпиончиков, ждешь, что она тебя будет воспитывать. А не того, что она плюнет на тебя и оставит поджаривать постабдомен на почве пустыни.

В ней так мало было развито чувство семьи, что она нам даже имен не оставила. Только фамилии: Вишковитц, Жукотич, Петрович и Лопес.

Ничего удивительного, что мы не чувствовали себя братьями, и сразу решили, что судьбы наши будут врозь, и повернули клешни в разные стороны. Петрович отправился на север, Лопес на юг, а Жукотич на восток. Я, Вишковитц, пустился вслед за солнцем, на запад, завоевывать West.

По пути я спрашивал себя: «Как же я выдюжу в этом полном конкуренции мире без семьи, без образования?»

Мама родила нас в самой серединке пустыни Мохаве, одного из самых жарких и сухих мест Северной Америки. Температура поверхности доходила до 70 градусов, а относительная влажность была близка к нулю. В такой среде нельзя позволить себе заплакать.

Внезапно трихоботрии моих восьми ног восприняли вибрации от какого-то гигантского животного, которое двигалось в мою сторону и, вероятно, желало моей смерти.

Жаль, что все уже кончилось, сказал я себе, жаль, что мое рождение оказалось бесполезной тратой времени. Мы, арахниды, не такие плаксы, как млекопитающие, но моим первым побуждением было именно найти брюшко несуществующей мамы и захныкать. Потом я попробовал удрать. Но что-то не получалось. Мои ноги, вместо того чтобы выполнять указания центральных ганглиев, несли мои клешни в прямо противоположном желаемому направлении, к самоубийству. Ну можно ли быть таким неуклюжим? Я выскочил прямо перед носом у этого чудовища и с ужасом глядел, как мое тельце сделало ряд быстрых, совершенно непроизвольных, движений. Пару мгновений спустя парализованный ядом жук валялся на земле, а мой хвост впился ему в череп. Колеоптер еще шевелил усиками, как я уже начал пить его лимфу и пожирать придатки.

Так кто же я такой? Ответ очевиден: хищник, свирепое животное, запрограммированное убивать. Задрожав от страха, я понял, что эти взрывы рефлексов, эти дикие инстинкты мне никак не подвластны. Так я чудовище?

Спустя два дня, пока я еще обчищал свою добычу, меня навестил другой скорпион, молодчик наглого вида, не меньше пяти сантиметров длиной.

«Мне, сопляк, западло, что ты охотишься на моей территории, – прошипел он. – Брось жука и хиляй отседова».

За эти два дня я вырос прилично, но не настолько, чтобы позволить себе быть невежливым с таким типом. В создавшемся положении приходилось поджать хвост и опустить педипальпы.

Мне казалось правильным сказать: «Простите меня, господин мой, я только родился и не знал, что это ваша территория, еще раз прошу меня извинить». На самом же деле из моих стигм раздалось: «Не люблю, чужак, когда со мной говорят таким тоном. Так ли быстр твой хвост, как твой язык?» Снова мое тело не слушалось меня, и в ужасе я видел, как наступаю в боевой стойке, покачивая клешнями, с хвостом наизготовку. Что я мог поделать? Ничего, только глядеть на себя со стороны, как все эти *peones*, и надеяться, что мои инстинкты знают свое дело. Мой противник первым сделал выпад, но его хвост был еще на полпути, когда мой уже впрыскивал яд.

«Ты, парень, далеко пойдешь, – прохрипел побежденный. – Какая у тебя кликуха?»

«Мое имя Вишковитц», – пропыхтел я. Оставив этот труп некрофагам, я почистил хвост и, инстинктивно, сделал зарубку на первом сегменте метасомы. Черт побери, Вишковитц, сказал я себе, черт побери.

Эта дуэль была лишь первой в длинном ряду: всякий раз слишком отважный скорпион объявлял себя хозяином территории, которую я топтал, и всякий раз мой хвост решал иначе. Эти бессмысленные пролития лимфы оказались бы ненужными, будь я домоседом, но мои ноги были ногами одинокого бродяги, и я не мог иначе, кроме как идти туда, куда они меня несут. Наконец, никто не смел стать мне поперек пути и, однажды, я услышал, как один хелицеровый, стоя на положенном расстоянии, сказал: «Гляди, сынок, это Вишковитц, самый быстрый хвост Запада».

Народ барханов начал обращаться ко мне, чтобы исправлять несправедливости и пресекать распри. Кое-кто уплатил бы любую цену, добычей или землей, чтобы я ему поспособствовал. Я, однако, больше всего хотел поставить мой хвост на службу правде, так что, когда честные братья Ирп попросили меня о помощи, чтобы защитить свой клочок земли от притязаний чрезвычайно богатых и наглых братьев Юинг, я охотно принял их сторону. В эпизоде, который теперь знаменит, я, предварительно убрав одного за другим их наемников, встретился затем с братьями Юинг у Бут-Хилла и прикончил сразу всех четверых, единым движением клешней, хвоста и хелицер. Завершись дело этим, было бы чем гордиться. Но когда четверо братьев Ирп, радуясь победе, сияя, бросились меня благодарить... их я тоже прикончил, единым движением клешней, хвоста и хелицер.

Я смотрел, как они умирали, и у меня разрывалось сердце, а один из них сказал: «Тебе, *skorpio*, с этим никак не сладить, уж так ты устроен, ведь ты – *paruroctonus maesanensis*, топорная работа, вид, выживший только за счет быстроты своих смертоносных реакций. Ты бы не был столь скор, если бы мог обдумывать, что делать. Хватит пустяка, любой вибрации внутри твоей критической окружности, и – дзык – твои глупые рефлексы разят. Это безумие нашей экосистемы, которая создает такие неуправляемые и тупые машины, как ты, Вишковитц».

Так значит, это правда. Я был чужаком в своем собственном теле, бессильным против автоматизмов моей примитивной нервной системы. Я выделил слезу и проклял свою долю. Я наконец понял, что единственное, чем могу помочь окружающим, – держаться от них подальше. Для того Господь и поставил меня в пустыне: чтобы меньше был вред от меня созданиям Его.

Однако очень скоро я достиг половой зрелости, и ноги стали нести меня туда, где была выше концентрация женских феромонов. Однажды я немало нашел их в том краю, где была розовая скорпиониха, малютка Лара, с раздутой метасомой и грушевидным тельсоном. Видя, как я колеблюсь, она решила меня подбодрить и усмехнулась: «Не бойся, Вишка, половые феромоны ингибируют рефлекс хищника».

Тогда я двинулся вперед, так что почти прикоснулся к ней. Впервые живое существо попадало в мою критическую окружность и оставалось живым. Впервые чувствовал я дыхание другой арахниды, тепло чужого метаболизма. Это было чудо, мои смертоносные рефлексы были укрощены красотой и любовью. Я почувствовал необходимость сообщить все трепетание моей души, всю нежность своих чувств, но все, что мне удалось, – грубый и короткий разряд совокупительных рефлексов, да и те не попали в цель.

«Мне очень жаль, но в этом деле я не умею метить, как хвостом», – пролепетал я.

«Это случается, мы, скорпионы, очень грубо сработанные членистоногие, но увидишь, что со временем взаимопонимание улучшится».

«Со временем? А что случится, если половое влечение ослабнет? Рефлекс убийства сможет вернуться».

«Не уменьшится, ты увидишь. А потом, не думаю, чтобы этот рефлекс убийцы нельзя было вылечить. Вишка, я хочу жить с тобой, растить твоих детей и состариться рядом».

На мгновенье я посмотрел на свою жизнь в новом свете. Я был бы ответственным отцом семейства, я бы убрал на место хвост и жил в согласии с общиной. По воскресениям я бы ходил к службе, никого не убивая во время молитвы, и Бог благословил бы меня.

«*Ok*, Лара. Попробуем. Лара?» Я подумал, что она заснула. Только потом я заметил, что мое жало погружено в ее головогрудный щит. Наши отношения не выдержали проверки временем. Считая это своим долгом, я отнес труп семье и поискал в моем скудном словаре пустынника какие-нибудь слова соболезнования, слова извинения, но все, что мне удалось, это истребить ее родителей и изнасиловать сестру. Светская жизнь была явно не для меня.

Этот случай был лишь первым разочарованием в моей бурной личной жизни, отмеченной крахом любой попытки построить постоянную аффективную связь, создать семью. Всякий раз все шло по тому же сценарию. Всякий раз наступал день, когда, вернувшись с охоты, я находил своих близких истребленными каким-то разбойником. Тогда я над их могилами клялся отомстить и пускался по следу убийц. Но всякий раз эти следы замыкались в круг, вели ко мне, всякий раз разбойником был я, палачом был я. Напрасно я, оказавшись перед доказательством своих преступлений, искал отмщения, поднимая хвост к своей голове: слово «самоубийство» не входило в мой генетический словарь. Мой рефлекс убийцы издевался надо мной. Кто бы мог положить конец этим ужасам и свершить правосудие?

Мы, скорпионы, замыкаем трофическую цепь, а потому не приходилось надеяться, что меня убьет хищник. Только хвост быстрее моего хвоста мог бы наказать меня за мои грехи. К счастью, вследствие преступлений, изнасилований и массовых убийств, которые я продолжал совершать, за мою голову было назначено большое вознаграждение, и стали появляться первые *bounty killers*: лучшие окрестные хвосты сбивались в отряды vigilantes и охотились за мной. День за днем, пока я колол им башки, я продолжал надеяться, что объявится кто-нибудь настоящий боец. Может, кто-нибудь из моих братьев или этот отец, которого я не знал, и который, изнасиловав мою мать, положил начало проклятию. Но однажды на горизонте мне явился совсем другой силуэт.

Черная, как яд, она полыхала, как ненависть, и была прекрасна, как смерть.

Она спустилась с бархана тихо, как мираж, извиваясь, как одалиска, и приблизилась иноходью, наклоняя щиты, с величественностью царицы пустыни, злокозненностью плотоядной феи. Остановившись в пяти хвостах от меня и осев на бабки, она уставила на меня четыре из своих лангустовых глаз.

«Не воображай! – прошипела она. – Я пришла тебя убить».

Ее запах сбивал меня с ног и обезоруживал все мои оборонительные рефлексы. Ее злобные чары парализовывали меня, как яд, обездвиживающий жертву перед смертельным ударом. Наконец я нашел то, что искал: свое поражение. Настал миг с благодарностью принять смерть. Однако желание жить никогда не было столь сильным, как в эту минуту, существование никогда не было так исполнено смысла, как в эти последние мгновения. А кроме того, какую пользу могла принести моя смерть, если бы выжила эта дьявольская соблазнительница, эта машина уничтожения, еще более смертоносная, чем я?

Эта мысль придала мне ярости, нужной, чтобы хвост зарядился для боя и можно было принять боевую стойку.

Мы глядели друг на друга не двигаясь, холодными пустыми глазами. Оба видели только мишень, тела наши были полностью посвящены единственной известной нам власти, закону хвоста, единственному закону Запада. Наступила тишина, слышался лишь шелест ножек клещей, пауков и насекомых, собиравшихся вкруг нас, чтобы наблюдать древний, как пустыня, ритуал. Свист ветра зловеще напоминал *dejuello*, песнь смерти.

Что-то слегка вздрогнуло; наши смертоносные рефлексы только этого и ждали.

Наши тела схлестнулись и, ошеломленные, мы наблюдали, как они ласкались, искали друг друга, соединялись в нежном и взрывном совокуплении.

Под конец больше смущена оказалась хищница.

«Я никогда не испытывала такого унижения, никогда со мной такого не случалось... Вишковитц, я тебя ненавижу».

«Ты тоже не слишком-то мне мила, но можешь звать меня Вишка».

«Я... меня зовут Люба», – прошипела она.

В последовавшие за этим часы и дни эта дуэль много раз повторялась, и результатом всякий раз была ничья. Победа досталась бы тому, кому первому надоел бы другой. Люба была уверена, что это случится с ней и продолжала бросаться на меня, я ею пресыщался, и тогда я разил ее хвостом, но настолько без ожесточения, что это казалось лаской. Так продолжалось недели, пока я ей не сказал: «Люба, теперь уже ясно, что между нами какая-то страсть и что мы не хотим смерти друг друга. Лучше бы нам расстаться, пока кто-нибудь не пострадал».

«Думаю, ты прав, но что делать с малышами?»

«С малышами? Их бы надо убить сразу же после родов».

Люба родила девочку, черную и злобную, как она, и мальчика с быстрым хвостиком, точь-в-точь я. Может, дело было в этом сходстве, а может, что-то в запахе удержало, но мне просто не удалось опустить на них хвост. Всякий раз, как я шел их убивать, включались непроизвольные рефлексы и заставляли меня играть с ними в лошадку, петь им старинные баллады и заботиться об их воспитании.

Каждый день, когда я видел, как Люба укрывает их песком, чтобы сохранить в них влагу, меня охватывал ужас. Наверное, в первый же раз, как они захнычут, мы их убьем. А если мы их разочаруем, они убьют нас. Рано или поздно кто-нибудь должен был потерять терпение.

Каждый вечер я возвращался с охоты с комом в горле, ожидая худшего. Иногда я ловил себя на том, что желаю этого, что призываю бедствие.

Но день за днем, месяц за месяцем жизнь продолжалась спокойно. Малыши росли здоровыми, изводя однокашников. Мы с Любой продолжали обожать их и истреблять соседей. Все следовало в согласии, и не было способа избежать этого невыносимого, зловещего счастья.

Глава 12
Худое, Вишковитц, у тебя имя

Не очень-то выгодно зваться Вишковитцем (Viskovitz), когда немногие дары жизни раздаются в алфавитном порядке. В моем муравейнике нас, личинок, кормили именно в таком порядке. Хуже меня приходилось только Жукотичу (Zukotich).

Взамен нектара няньки хотели наших сахаристых секреций. Эти отношения определялись не чувствами, а обменом выделениями. Мои железы мало-помалу атрофировались, так мало доставалось им пищи и так много разочарований, а когда я пытался обмануть голод своими же выпотами, с каждым днем они оказывались все кислее и горше.

А личинка с некачественными выделениями, поверьте мне, самое презираемое из созданий. Мне начали говорить: «Ты гниль, Вишковитц. Ну и мерзость. Ты ничтожество». От таких слов делалось больно.

«Надо что-то предпринять, Жуко, – сказал я однажды. – Пора действовать».

«Действовать?» Это понятие нелегко было усвоить личинке, лишенной ног, крыльев и пола.

«Вот именно, построить себе будущее, взять свою судьбу в свои членики».

«Членики?»

«Это так, к слову. Обойдемся сосцевидными железами, а понадобится, воспользуемся выводными протоками. Главное – добраться до царских яслей. На тамошнем нектаре, братец, становятся царицами, правят миром. На здешней бурде и бесполым-то рабочим не станешь, тут мы всю жизнь останемся личинками. Ясно я говорю, Жукотич?»

«Я не прочь остаться личинкой, Вишка. Как бы все ни обернулось, все равно я бы стал муравьем, так лучше остаться бесформенной протоплазмой. Думаю, затем судьба и поместила меня сюда, затем и дала это имя».

Ну что говорить с этим безголовым созданием? Сокращая каждое волоконце, хватаясь ротовым аппаратом за каждый выступ, я протащил себя до устья ячейки. Потом, клеясь к стенкам жидкостью своего организма, я начал восхождение, завоевывая первые миллиметры на лестнице общественного положения. Спустя неделю этой остервенелой физкультуры, изнуренный постом, я добрался до ячеек верхнего этажа и свалился на пол, смертельно усталый. Мое обезвоженное тело не давало выделений, которые можно было бы обменять на пищу, но нашлись личинки, согласившиеся чего-нибудь подкинуть в уплату за рассказ о моих приключениях. Подзаправившись, я сразу провалился в сон, снилось мне мое превращение в крылатые, царские формы. Но наглотался я не царского желе, и, проснувшись, смог насчитать у себя шесть ног, и никакой короны. Мой внешний скелет был из твердого хитина, а серповидные челюсти служили оружием – я оказался солдатом.

На первом построении, посмотрев на себя рядом с однополчанами, я был несколько разочарован. Недоедание заметно меня покалечило: что-то атрофировалось, что-то деформировалось, да и вся моя особь получилась недоразвитой. Я вышел гномом. По росту

завершить завоевание планеты, мог бы создать новую цивилизацию, отменив касты, трофическую стерилизацию, истребление самцов, изменив тем самым ход истории и всю эволюцию вида.

Учитывая, однако, что муравей живет лишь несколько месяцев и что Бог, уезжая в отпуск, оставил на столе большую буханку засохшего хлеба, я решил, что силы моего народа лучше всего будет использовать на сооружение грандиозного памятника моей личности. Он станет нетленным свидетельством моего мирмидонского величия, творением, которое сделает меня грандиозным и бессмертным.

Я лично руководил работами, одновременно позируя, слегка согнув задние конечности и устремив взгляд за горизонт. Все другие дела были на это время прерваны, и все годные особи призваны к труду, негодные были принесены в жертву, а их тела использованы для укрепления конструкции. Челюсти солдат ваяли мой образ в хлебе, а рабочие выносили мякиш и трупы. Я терпеливо позировал, а слуги овевали меня и натирали благовониями.

Чудо свершалось. Мое довольство и мои чувства начинали проступать в чертах моего скульптурного портрета. Все вышло верным: и длинные сочлененные усики, и огромный мезоторакс были моими. Этот шедевр представлял меня лучше моих бренных смертных форм. Мне казалось, что свершается новый метаморфоз, что моя душа переселятся в это совершенное и несокрушимое тело. Это был апогей моего триумфа.

Мне не хватало только Жукотича.

Я нашел его в том же зловонном подземелье, где и оставил. Почти полностью отказавшись от еды, ему удалось отложить метаморфоз и остаться личинкой.

Это было старое и ворчливое дитя, мутный сгусток закисшей лимфы и смирения. Надо было воочию видеть его, дабы поверить, что такое бывает.

«Детство кончилось, Жуко. Пора выпустить ножки и топать».

«Я лучше останусь здесь, Вишка. Я в согласии с самим собой. Ту чутельку еды, что я получаю, мне дают добровольно, я не разоряю общество».

«Жуко, это не совет, а приказ. Я хочу поглядеть, какую ты скорчишь рожу, когда она у тебя будет. Ты что, не понимаешь, как ты смешон? Тебе подают милостыню, потому что ты шут, потому что можно над тобой посмеяться и почувствовать свое превосходство».

«Все же я, наверное, чего-то стою, раз император снизошел до того, чтобы навестить меня. Тебе будет интересно знать, что народ приходит не посмеяться надо мной, а попросить совета...»

«Ну хватит, – обрезал я. – Стража, кормите это создание, и кормите его царским желе, я хочу, чтобы оно стало царицей».

Нектар влили ему насильно, но метаморфоз не случился, ослабленные стенки его органов не выдержали, и его тело лопнуло, как нарыв, разлив по земле желтоватое содержимое.

«Сир, вы его знали?» – спросил начальник генерального штаба.

«Генерал, это был мой лучший друг».

«Весьма огорчен, Ваше Высочество».

«А я нет, – резко ответил я. – К чему мне друг, когда у меня могут быть миллионы рабов?»

Два дня спустя состоялось торжественное открытие. По всей Империи календари начали с нуля отсчитывать новую эру, а мой народ на коленях сосредоточился перед Колоссом. Жрецы запели *Оду к императору*, а я, Вишковитц I Великий, промаршировал на верх подмостков и обратился к толпе.

«Граждане империи, – прогремел мой голос, – это выдающееся творение гения – монумент самого величия. Именно так, величия. Ибо величие, господа, не измеряется миллиметрами, величие измеряется веками! То, что достойно, переживает время. А суд времени, господа, показал величие муравьев и ничтожность динозавров!.. Сегодня, дети мои, я, как никогда прежде, уверен: когда все ныне существующие виды животных вымрут, мы все еще будем здесь, строя наши муравейники и восхищаясь этой статуей. Мы будем восклицать: «Ну кто бы мог подумать, самым великим из всех оказался Вишковитц!!!»

«Ура-а-а! Да здравствует Император!»

Тут-то и раздался треск, овации ли плебса, топот ли толпы послужили причиной. Две задние лапки памятника не выдержали, и Колосс лег на монумент брюшком.

«Остановить церемонию, Ваша Необъятность?» – спросил мой визирь.

«Нет, продолжайте, – приказал я. Ущерб был необратим: никто не сумел бы вновь поднять этакую глыбу. Оставался единственный способ исправить положение.

Я перегнулся назад, напряг челюсти и перекусил. Теперь я тоже лег на брюшко. Очень странно, но боли я не почувствовал. Сходство вновь стало совершенным.

«Величие мой народ!..», – воскликнул я, перекрывая крики.

Вновь раздался треск. Еще три лапки сломались, теперь сооружение опиралось на единственную оставшуюся.

Я сделал то, что был должен.

«Величие! – возопил я, поднимаясь на своей последней опоре. – Это не что иное...»

Плюх.

Толпа начала разбегаться во все стороны. При падении скульптура раскололась на три части, голова и грудь разбились вдребезги, а огромное овальное брюшко осталось целым и катилось на меня.

Я не мог сдвинуться.

Мне претила не так сама возможность умереть, как форма этого брюшка. Меня убивала статуя Жукотича, не моя. Я передавал истории не образ императора. То был образ ничтожества.

Глава 13

Ты кто такой есть, Вишковитц?

«Кто я такой?» – спрашивал я себя. Ответа не нашел, и пришлось спросить отца.

«Это зависит от контекста, – объяснил он. – Мы, хамелеоны, как бы пауза между двумя словами.

«А... наша индивидуальность?»

«Да к чему тебе индивидуальность, сынок. Они ведь все в твоем распоряжении. Зачем тебе быть самим собой, когда ты можешь соблазнить фантастическую ящеру, получить в школе отличные оценки и обратить в бегство соперников просто назвавшись другим? Бери пример с меня, вот сегодня я твой отец, а завтра – кто знает».

Каждый раз одно и то же. Достаточно было чуть перемешать цвета и надуться, чтобы принять чей хочешь облик, так что никому нельзя было доверять, даже родственникам. Недаром в нашей семье имена у всех кончались вопросительным знаком. Меня самого звали «Вишковитц?».

«Пап, я больше не знаю, во что верить, я теряюсь...»

«Молодец, сынок, коли ты *теряешься*, это само по себе значит, что ты настоящий хамелеон. Лучше будет не выдавать секрет нашего существования, “Вишка?”. Особенно некоторым змеям. А теперь давай живей, пора в школу».

«В школу? Да что мне там делать? Сплошь язык, язык, язык».

«Вот и отлично, научишься выражать свою мысль, не приклеивая его к моему лбу».

«Папа, уверяю тебя, что для овладения языком куда полезней славный поцелуй, чем все эти часы в школе».

«“Вишка?”, я не хочу слышать, как ты говоришь о поцелуях. Ты знаешь, что они опасны, они связывают. С женщинами лучше не влипать.

«Ну да, а если ты влюбился?»

«Ну, тогда плохо твое дело, сынок. Для нас, хамелеонов, нет большей беды».

«С тобой такое никогда не случалось?»

В задумчивости он нацелил один шарнирный глаз на крону терминалии.

«Да, однажды я тоже влюбился. Но, признаюсь тебе, так никогда и не узнал, в кого. Ну а кроме того, мне никак не удавалось отличить ее от фона. От этого я становился очень ревнивым. Если кто-нибудь дотрагивался до ветки, мне представлялось, что он гладит ее цепкий хвост, если лакал росу с листа, мне мерещилось, что он сосет ее ухо. Если высказывал свое мнение о панораме... В общем, я во всем видел какой-то подвох. Хорошо, “Вишка?”, что любовь – тепловой феномен, и мы, хладнокровные животные, должны беспокоиться о ней только с одиннадцати до двух пополудни...»

Мне надоел цинизм этого ящера, да и кто знает, впрямь ли он был моим отцом. Попрощавшись, я ринулся вниз с воздушного корня, но едва достиг яруса кустарников, смылся через плаунки с имбирными. За прудом с кувшинками я добрался до дерева моей милой. Тихо-тихо я взобрался по стволу каулифлоры, тщательно маскируясь, чтобы она меня не засекла, а потом насладился ее видом. Ее-то было отлично видно! Она гляделась в воду, собравшуюся в ложкообразном листе эпифита, и, напевая, стягивала с себя кожу в медленном стриптизе, а ее тело, вместо того чтобы маскироваться, изобретало немыслимые цвета. Спрятавшись за сапрофитной орхидеей, я попал в нее воровским поцелуем. Мне хотелось знать, единственный ли я, кто это делает. Потом я разостлал язык на ветке, робко надеясь, что она разляжется.

«Кто там?» – крикнула она. Должно быть, мне не удалось подкрасться совсем бесшумно.

«Вишка», – признался я, опустив «витц». Если произносить такие буквы, как «Т», «Л», «Д», «Н» или «Ц» с пересохшим горлом, всегда рискуешь, что клейкий язык прилипнет к верхнему нёбу.

«Чего ты хочешь?» – прошипела она. Одним независимым глазом она продолжала любоваться собой, а другим смотрела мне в глаз, который смотрел ей в глаз, который смотрел на меня. Я сказал ей правду. Я сказал ей, что меня очаровали ее кожные хроматофоры, и что я не мог понять, как удается достичь такой изобретательности в работе с чешуями. Она мне улыбнулась.

«Это несложно, – ответила она. – Чтобы быть самобытными, ящер, нужно вернуться к истокам. Секрет того, чтобы быть самими собой, заключается в том, чтобы уметь отказаться от себя. Опустошиться и дать себе снова наполниться. Если ты это сумеешь, *voila*, твои краски заговорят, а в конце твоего идиотского имени вместо вопросительного знака сможешь поставить восклицательный. Меня зовут “Люба!”. Она произнесла это трудное имя без запинки, щелкнув языком, как хлыстом.

«Потанцуем?» – внезапно сказала она. Я остолбенел.

«Повальсируем?»

«Ну да, сейчас пора любви, а что один из вас, что другой... Иди сюда». Я не мог поверить своей удаче. Сопляк вроде меня с этой лесной феей! Я приблизился и обнаружил, что мои цвета повторяли ее: киноварные, бирюзовые, ярко-алые, волнами, в крапинку, в горошек! Карамба, сказал я себе, наверное, это и есть счастье. Не то что мои блеклые школьные подружки. Ради нее я бы взобрался на горы, я бы сразился с гадюками и циветтами. А если она сольется с фоном... что делать, я буду любить каждый лист, каждый закат, каждый цветок, везде буду видеть ее чешуи, все буду звать этим непроизносимым именем: «Ллюба!».

Я нырнул в эту радугу. Я гладил складки ее кожи, охватив ее гребень, я убаюкивался ее волнообразным движением и погружался в забытье, плавая в ее липких экссудатах, обожая каждый миллиметр этих чешуй. Стум. Мы свалились с ветви на шипы акации свистящей.

Ну ладно, назавтра я узнал, что у моей глупой бывшей невесты, Лары, такие же ранения, и то же самое у моей тусклой и пришибленной соседки по парте, Яны. Это была одна и та же хамелеонша!

Тогда-то я и потерял остатки уверенности в чем-либо.

Тогда-то я, наконец, и нашел себя. Но, может статься, не узнал.

Глава 14

Чем, Вишковитц, сердце успокоится?

В сердце моем были только пустота и блаженство.

Мое сознание, разрушившее доспехи *Я*, свободное от желаний, воспоминаний, побуждений кармы, сконцентрировалось в *наивысшей поглощенности медитацией*, на грани прекращения всякой деятельности, в состоянии сублимированного сознания. Трансцендентность, просветление, пробуждение.

В этот момент мое алмазное тело вот-вот должно было переполниться все, с головы до хвоста, блистающей *праной*, а я, Вишковитц, наконец-то растворился бы в свете, в божественном *Атмане*, в вечном оргазме...

И тут-то некий неприятный запах начал крутиться в моих носовых раковинах. Запах, который я мнил похороненным в прошлом. Я постарался сохранить сосредоточенность, пролаять свою мантру и узреть мандалу, но хрупкое равновесие *самадхи* было уже разбито. С болью я приоткрыл один глаз. Передо мной был Кегля, наш духовный учитель, поглощенный миром собранности, а вокруг него – другие собаки обители. Некоторые из них были недвижимы в своей *асане*, другие больше интересовались приношениями на малых алтарях пагоды, чем внутренним поиском. По ступеням пагоды поднималась немецкая овчарка темной масти. Я едва успел одернуть этого пса, он уже задрал лапу у одного из алтарей.

«Жукотич! – рыкнул я. – Ты в священном месте!» Это был полицейский пес; я отлично знал, что его подготовка не предусматривала никакого духовного воспитания. Когда-то и на мне был такой же ошейник.

«Сколько лет, волчище! – пролаял он и принялся радостно обнюхивать мои ягодицы. Он поболтал о давнем времени, когда мы вместе работали в Наркотиках. Потом он сказал, что пришел попросить у меня совета, поговорить по совести.

«Нравственные проблемы меня больше не интересуют», – обрезал я.

«Прошу тебя, ты единственный пес, которого я уважал, ты всегда был самым мудрым в своре, с самым тонким нюхом...» Я не прервал его речь. Похоже что Коржибский, его инструктор, хапнул немного порошочка. Не пакетик-другой, аж три кило *Чайна Уайт*. «Речь, Вишка, идет о героине, о муќе Сатаны, Великом дерьме...» Он все время тряс башкой, как будто хотел от нее отделаться, задыхался, скулил, я боялся, что он завоет посреди пагоды. «Что мне делать, Вишка? Я сам зарыл эти мешочки у него в саду...»

Бедный Жукотич, я ничего не держал против него лично, но он был с другой планеты, с планеты, силу тяготения которой я уже не ощущал. Я, Вишковитц, витал уже в другой астральной плоскости. Ну как ему объяснить?

«Я понимаю, Жуко, что у тебя на душе, но, разговаривая со мной, ты теряешь время. Уже сколько-то лет, как я больше не верю в твои ценности. Потом я вообще перестал верить в ценности и, наконец, перестал верить в веру. А затем я начал растворяться во вселенной... Ты же, Жуко, не можешь просить советов у воздуха, которым дышишь...»

«Проклятье, жизнь здесь скверно на тебя действует, волчище». В его голосе не слышалось большого стремления понять.

С нежностью посмотрел я на него.

«Мне пора идти, – завершил я разговор. – Желаю тебе найти покой». Я развернулся и пошел назад. На верху лестницы я обернулся и не увидел его. Вышло очень удачно, что он ушел молча, но запах подсказал мне, что по ступенькам храма текла не освященная вода.

Я вернулся к братству, чтобы недвижно усесться и сфокусировать свою мысль, но мой мозг был уже взбаламучен воспоминаниями. Воспоминаниями о временах, когда я носил бляху и получал награды за заслуги и за умения, о том времени, когда я любил овчарку и эту овчарку убили. Нет, не задался день, чтобы впасть в Нирвану.

Прошла неделя. В очистительном спокойствии *санги* посредством осознания дыхания и беспристрастно отстраненного созерцания тела и духа я продолжал свой незамутненный путь, ведущий к Освобождению. Знакомя нас с методом Ясного Понимания, Кегля сказал нам: «Я познакомлю вас, заключенных в ваше бренное тело, с возникновением мира, с его исчезновением, и с путем, ведущим к его исчезновению». Я, Вишковитц, продвигался по этой тропе. На первый взгляд Кегля, белый карликовый пудель со следами того, что в юности его остригли подо льва, не казался вполне доросшим до духовного руководства, но всякий, кому посчастливилось бы внять его поучениям и отдохнуть в безмятежности его взгляда, понимал, что перед ним святое животное, надежный и невозмутимый наставник. Мы никогда не видели, чтобы он вилял хвостом.

Я прошел за Пять Привязанностей, к Семи Слагающим Просветления, и уже почти воспринял Четыре Благородных Истины, как вдруг...

...Я почуял в воздухе суку, овчарку. Я сосредоточился на *анапасати*, но вонь не ослабевала. Она продолжал расти, пока не окутала меня и, наконец, не тявкнула: «Вишковитц?»

Я нахально выдохнул и приоткрыл глаза на ее мордашку. Сколько времени я не был в такой близи от овчарки? Два года. Со смерти Любы. Оно и лучше. Зачем стремиться к этому мимолетному удовольствию? Я рассеянно взглянул на нее (внешность для меня значит мало). Голова длинная, псовина на ней рыжая, белая на скулах и на подвесе шеи, уши высоко поставленные, губы выразительные, ноздри слегка разваленные, спинка носа выпуклая, мочка носа темно-коричневая. Окрас трехцветный, рыжий-бурый-багряный, с почти розовым подшерстком. Поясница выпуклая, круп покатый, плечи длинные, корпус сзади обрезан прямо, живот подтянут, коленные суставы округлые, грудь глубокая, пятки чуть вывернуты наружу, плюсны отвесные. С кинологической точки зрения это было исключительное по всем статям, превосходное по пропорциям и распределению масс тело, образцовое по индексу формата и силуэту. Конечно же, эта сука была результатом отличной родословной и строгого отбора. Судя по клыкам, ей было года полтора.

«Вишковитц», – подтвердил я.

«Я детектив Лара, Отдел по борьбе с наркотиками».

Она обнюхала мне промежность, я проявил ответную вежливость. Удивительно, сколько сведений можно получить, сунув туда нос. Ты можешь ощутить тончайшие вибрации души, а если склонен более к материальному, проведать все о гормональном цикле. Я распознал явные признаки проэструса: с сексуальной точки зрения эта сука была бомбой с часовым механизмом.

«Чем могу помочь правосудию?»

«Один из наших агентов, детектив Жукотич, примерно неделю, как отсутствует. Согласно заслуживающим доверия источникам, прежде чем исчезнуть, он должен был искать контакта с вами, Вишковитц...» – она скулила скрипучим, почти раздраженным голоском, пока ее взгляд скользил по проплешинам моей шкуры. «Если я действительно разговариваю с бывшим специальным агентом Вишковитцем...»

«Чистые сердцем зовут меня Вишкой».

«Признаюсь, я ожидала чего-то другого. Еще когда я была щенком, я слышала о подвигах следователя Вишковитца, о его легендарном носе, о его отваге, а сейчас...» – нельзя сказать, чтобы она пыталась скрыть разочарование.

«Теперь и у вас будет что порассказать».

«Ну, у этой истории получается какой-то некрасивый конец: герой запаршивел и заеден вшами, ему приходится рыться на помойках».

«Это, агент, называется бродячей жизнью. Некоторые предпочитают ее поводку и наморднику». Я кратко пересказал ей, что узнал от Жукотича. С опытом я приобрел нюх на неприятности и посоветовал ей держаться от этой истории подальше.

«Я уверена, что агент Жукотич до конца исполнил свой долг. Я намерена исполнять свой», – пролаяла она.

Меня покоробило такое самозабвение, инициативность и презрение к опасности, но я не мог удержаться от мысли, что в этой ее выходке была доля гормонального зуда. И в том и в другом случае эта сука представляла опасность для чистоты моей души. Я ворчливо дал ей понять, что аудиенция окончена.

При развороте выбросилась мощная волна гормонов. Не надо было быть провидцем, чтобы понять, что там, откуда они шли, было еще много. Я удивленно остановился, глядя, как она нюхает воздух в поисках чего-то, чего не может найти.

Как можно быть такой наивной?

«Детектив, запах Жукотича вы можете почуять отнюдь не в воздухе, – услышал я свой голос. – След этого типа, *air scent*, имеет начало в потовых, апокринных и эккринных железах зверя. Он держится не дольше нескольких минут. То, что вам надо, это *ground scent*, запах соприкосновения, который оставляется на земле волосами и частичками кожи. А еще лучше, следы мочи: они сохраняются дольше всего, вплоть до нескольких дней в отсутствие дождя и слишком сильного испарения».

«Я знаю, что такое след!» – рыкнув, она показала красивые клыки.

Я вежливо провел ее к ступеньке, где пописал Жукотич. Меня снова обдало ее запахом. Было ясно, что у этой овчарки происходила овуляция и что вот-вот ее запах разнесется по всему Чайнатауну.

«В силу дружбы, которая связывала нас с Жукотичем... возможно, было бы неплохо, если бы я оказался причастным к этому расследованию, агент, – проскулил я, – думается, вам может оказаться полезным, чтобы я вас... ммм... прикрывал».

В ответ раздался какой-то вой, не просочившийся через мои забитые нервные пути, но я не расценил его как возражение.

Идти по следу Жукотича было для меня нетрудно, и за этим занятием я мог спокойно болтать с Ларой. Точнее, она рассказывала мне про себя, пронзительно лая, охваченная возбуждением, которое становилось все труднее контролировать. Она говорила, что хотела сделать карьеру, но не из тщеславия. Она была идеалистской и хотела исправить несправедливости мира: купировку хвостов и ушей, торговлю щенятами, кастрацию, муниципальные питомники. Ее высокопороднейшая кровь не мешала ей ненавидеть расовую дискриминацию, родословные, стандарты чистоты породы, собачьи выставки. Временами мне казалось, что я вновь слышу Любу, еще когда та тоже была молодой, полной мечтаний и гормонов. Поскольку она хотела продвигаться по службе, я счел правильным попутно обучать ее основам профессии, самым-самым начаткам сыскного дела. Я разъяснил ей, что такое *backtracking*, *offtracking*, *crosstracking* и *transfer* с одной поверхности на другую: асфальт, пыль, травянистый покров. Я сказал ей, что время от времени приходится пользоваться пастью, где расположена такая железа, сошниково-носовая, соприкасающаяся с обонятельной луковицей. Я указал ей эту железу, скользнув своим языком по ее, и уже меня бросало на складки ее шкуры, когда...

«Разве не прелесть эти зверюшки?» – пролаяла она. Покинув вольер в первый раз, она не уставала удивляться чудесам белого света.

«Это крысы, – объяснил я, – а это заметное возвышение – свалка». Два грызуна, обгладывавшие какие-то кости, скрылись, не забыв выругаться.

Не пытаясь больше вести себя как положено следователю, визжа от радости, Лара начала обсасывать эти кости, а потом их зарыла. Я обвороженно глядел, как она виляла хвостом. Как можно быть такой восторженной, такой неопытной. Как можно быть такими молодыми? Я воспользовался этим перерывом, чтобы немного порыться в отбросах. Свалка была не такой унылой, как казалась. Нашлась кое-какая гниль, обогащающая диету. Лара приблизилась ко мне, держа в зубах крупную бедренную кость.

«Мне надо было поточить зубы. Теперь я снова готова к работе. Думаешь, нам удастся найти след агента Жукотича среди всех этих запахов?»

Как можно быть такой наивной?

Я объяснил ей, что этого не потребуется, что агент Жукотич был у нее в зубах и что он, исключая бедренную кость, уже похоронен.

Смерть Жукотича не удивила и не взволновала меня. Это был просто повод поразмыслить о законах кармы, колеса *сансары* и бренности всяких *читт*. Смерть была повсюду. Всякий миг я, Вишковитц, умирал и возрождался вместе со вселенной. Но для детектива Лары это открытие было потрясением, ее хрупкое эмоциональное равновесие не выдержало, она начала выть, как будто ее грузовик переехал, и все выла и выла, час за часом.

Я, как мог, постарался утешить ее. Пока я разъяснял ей, что жизнь берет начало в смерти, и что в этих краях, на этих улицах, смерть чествовалась равно как и жизнь, я проскользнул ей за спину, положил лапу на тазовую кость, а другой взобрался на крестец...

Внезапно она бросилась вперед.

«Ну конечно! Коржибский! Это он убил, – пролаяла она. – Живо, его вилла недалеко. Может быть, нам удастся застукать его с товаром. Я не успокоюсь, пока не засажу ублюдка». Сказано – сделано, и, вихляя задом, она затрусила в сторону Аламеды и жилых кварталов.

«Да ты куда в таком состоянии? Ты что, не понимаешь, что скоро на тебя набросятся все собаки района?»

Так и вышло. Я еще не кончил горланить, как нам навстречу – три чувака, и каждый хмырится, мол, я крутой. Выжлец, мастиф и карликовый шнауцер.

«Во, блин, сучка», – пролаял шнауцер.

«Вишковитц, что им надо?»

«Угадай».

«Объясни им, что я при исполнении».

«Мы тоже хотим исполнения», – ухмыльнулся выжлец.

«Вы слышали, что сказала сударыня. Брысь!»

«Отвали-ка, дядек», – прорычал мастиф.

Было ясно, что мерами убеждения не обойтись. Не поможет и просто показать зубы. С карликовым шнауцером я разобрался пинком, гонцу впился в спину и уже швырял его на землю, когда сзади на меня кинулся мастиф. Он был моложе и крупнее меня, не меньше восьмидесяти сантиметров в холке, и эта вечеринка могла бы прийтись мне не по вкусу, если бы я не овладел когда-то *бушидо*, Путем воина. Обманное движение, и этот котин сын оказался на спине, а уж тогда я его потрепал. Гонец слинял. Ухо кровоточило, и был я печален, потому что ненавижу насилие.

Лара исчезла, но запах остался. Пустившись вскачь, я снова приклеился к ней. Мы уже были перед жилищем Коржибского. Вилла казалась слишком просторной для проводника служебной собаки. Я выдохся.

«Вишка, у тебя идет кровь, – в первый раз она назвала меня так. – Ты храбрый». Она начала лизать мне раны. Лизать долго, горячо, бесконечно.

Мне казалось, что был единственный способ вновь обрести покой. Однажды – говорил я себе – я окажусь выше грубых материальных привязанностей, но пока... Пусть еще в реке утекает вода... Разве не таков путь Дао? Я был уже в районе ее хвоста, как ПАФ! ... Выстрел послышался с виллы Коржибского. Лара прыжком бросилась вперед.

«Живей, Вишка, не дадим им уйти!»

«Стой, они вооружены!» – не согласился я. Но ее изящные задние стати уже пропали за забором. Было самое время повернуться хвостом и спасать шкуру.

Раздался новый выстрел.

Ругаясь, я прыгнул в сад, нашел открытое окно и сиганул в дом.

Тело сержанта Коржибского покоилось на полу кухни, залитое кровью. У него был третий глаз во лбу и еще дырочка на уровне сердца. Лара вылаивала на него свои обвинения, как будто этого ему было мало. Судя по отверстиям в стене, решил я, выстрел произведен из оружия сорок пятого калибра. Немного понюхал здесь и там, и то, что удалось учуять, мне не понравилось. Судя по раствору конуса рассеянья их запаха, оба киллера были низенькими и щупленькими. Их дыхание воняло *chow mein*, и в воздухе был запах свежей татуировки, нанесенной каннабисовым пурпуром. Можно было поклясться, что убийцы принадлежали к триаде Красного дракона, самой могущественной в Чайнатауне. Это был дополнительный и веский довод, чтобы счесть дело закрытым.

Послышался шум: поблизости заводили мотор. Естественно, Лара бросилась в погоню за машиной, серым «мерседесом». Я последовал за ней, ведь мы все равно не могли их догнать. Когда она сама в этом убедилась, я объяснил ей, что неразумно идти по следу шин прямо посреди автострады, и направил ее в парк, где было поспокойнее: там был закат и были розы.

Добравшись до этого благословенного местечка, среди дроздов и запаха мелиссы, я поздравил старину Вишковитца. Растянув шкуру на свежей травке, повернувшись к закату, я расчувствовался, как какой-нибудь сентиментальный спаниель. Лара поглядела мне в глаза и призналась: «Ох, Вишка, я не могу себя пересилить. Это инстинкт, сопротивляться бесполезно».

«Естественно, – проворковал я, – ты сука в течке, а я привлекательный пес... удовлетвори желание».

«Удовлетворить желание?»

«Ну конечно».

Лара прыжком метнулась вперед, побежала к воде и поплыла к палке, которую некто бросил в озеро. Она говорила об этом инстинкте, атавистическом, рабском инстинкте апорта. Она принесла поноску этому типу, а тот снова бросил эту штуку дальше прежнего. Лара – следом. Что мне оставалось делать? Я тоже нырнул. Когда я настиг ее, дыхания мне совершенно не хватало.

«Видишь, как я здорово умею? – пролаяла она. – Я и под водой нашла! Меня в апортировке никто не побьет. От меня никогда ни одна палка не ушла!»

Как можно быть такой наивной?

Я разъяснил ей, что в пасти она держала не палку, а парабеллум сорок пятого калибра, восемь патронов в обойме и два в столе. И что вредно для здоровья приносить орудие преступления убийце.

На этот раз Ларе удалось проследить машину убийц до самого сердца Чайнатауна, до Сада трех пагод, где начинался наш поход. Оба объекта вошли на освященную территорию и затерялись среди верующих. Тут мне пришлось предупредить коллегу, что мы находимся в особо святом месте, где с разных сторон стоят даоистский храм Тан, буддистский Сы и конфуцианский Мяо. Все углы перед ней были рассчитаны в строжайшем соответствии с принципами геомантики *фен шуй*. Здесь можно было лаять только вполголоса, и нельзя было показываться в обществе течных сук. Но Лара не желала прислушаться к голосу разума, она была уверена, что у этой парочки был героин, из-за которого умер Жукотич, и она хотела вернуть его любой ценой.

Когда мы настигли убийц, с ними был еще десяток прихвостней Триады. Еще с ними были монахи под ритуальными зонтами, торжественно несущие приношения на главный алтарь храма Сы, посвященный *Гуань-инь.*

Среди этих приношений были килограммы *Чайна Уайт*.

Я остановил Лару, ухватив за ошейник. Не следовало беспокоить столь благочестивое собрание душ. А кроме того, собаки не допускались пред лицо богини.

«Вишка, тебя здесь знают, ты бы мог привлечь внимание монахов».

Я объяснил, что они тоже связаны с Триадой, и что зелье прячут среди искупительных жертв, в деревянных слонах и фарфоровых драконах, а потом статуи отправляют в китайские кварталы других городов, всякий раз с благословения *Гуань-инь*, милостивой богини. Триады были очень щедры к божествам, у них не было выбора, раз уж им хотелось на небеса. В красных конвертах были банкноты, это для монахов. Я объяснил ей, что это дело меня не касалось. Каждый может купить себе рай так, как считает нужным, хоть рай конвертиков с порошком. А потом, настоятель любил собак.

«Я тоже люблю собак, Вишка, но я же не распространяю эту дрянь. Просто не могу поверить, что ты, зная все это, не сообщил в управление». Она была охвачена возбуждением, дрожа от негодования и азарта.

«Им, девочка, тоже нужен кусок пирога, – объяснил я. – Коржибский сдуру заглотил столько, что в его ротик не влезло, он нарушил договоренности, вот его и убрали. Давным-давно, когда я еще служил, мы с агентом Любой вместе обнаружили этот путь. Уверяю тебя, никто в Наркотиках не почесался. А Люба заплатила жизнью...»

«Люба, она была очень красивая, правда?»

«Да уж, настоящая овчарка».

«Мы им должны, Вишка».

«У?»

«Послушай, я, может, мало стою как детектив, но вот в чем уверена: я отсюда не уйду, пока не конфискую хотя бы образец этой дряни. Это мой долг перед ними, перед Жукотичем, перед Любой. А ты мне, Вишковитц, поможешь, потому что не закончил начатую работу». Поворачиваясь, она потерлась о мою шкуру на крестце, а потом остановилась и поглядела мне в глаза. Мы поняли друг друга.

«Забудь об этом порошке. Тут повсюду вооруженная охрана, даже среди монахов. Никто не может войти в святилище».

«Там внизу есть дырка, собака в нее пролезет».

«Да, но в пагоде, Лара, собаки: доберманы, молоссы. Это сторожевые собаки, натасканные монахами».

«О них позабочусь я».

«У?»

«Не надо недооценивать силу течной суки, Вишковитц». В ее лице проступили пылкость и порочность. Покачивая бедрами, она пустилась к саду и предстала перед псами пагоды в этом состоянии, задрав хвост, как шлюха.

Что я мог поделать?

Я пронил сутру и вызвал видение цветка лотоса.

Через три часа я вновь ее увидал. На ней были запахи всех псов монастыря, включая Кеглю. Она шла наискось и скулила старую кантонскую песню.

«Тебе удалось, драгоценный мой?» – промяукала она. Я вывел ее из храма, в мое излюбленное убежище, старый строящийся дом, который никогда не будет достроен. В углу лежали три больших мешочка, как будто с известкой.

«Ой, Вишка! – ее расширившиеся зрачки были зелеными, как нефрит. – Иди сюда, чего ты ждешь?»

На одну ночь, на эту ночь, я забыл все горести существования, запах тухлятины, блох. Мне удалось остановить время, расширить пространство и вновь и вновь довести себя до Божественной недвижимости. Был уже рассвет, когда я смог отсоединиться. День получился долгим.

«Вишка, я бы сказала, что среди всех псов пагоды...»

«Я не хочу про это знать», – прорычал я.

«Я тебя люблю, Вишка».

«Не говори этого даже в шутку. Через несколько дней ты станешь холодна, как каракатица, оно и к лучшему».

«Ну разве ты не понимаешь, что мы образуем совершенную пару? Ты с твоим нюхом и я с моей преданностью...».

«Службе? Нет, Лара. Просто поразительно, как капле гормонов всегда удается нас обмануть. В этой вселенной, где все неустойчиво и мимолетно, нет ничего, что испарялось бы легче, чем любовь между собаками. Нет иллюзии краткосрочней. Наверное, потому нам и нужны другие кумиры, другие хозяева».

«Но не тебе, Вишка. Ты никому не верен, ни своре, которая тебя вырастила, ни монахам пагоды, ни мне. У тебя нет хозяина».

«Ты ошибаешься, Лара, я тоже на поводке. Он болезненней, чем любой строгий ошейник. Слаще, чем любой другой обман».

«Люба?»

«Нет». Раз мы об этом заговорили, пусть лучше знает. Я ткнул носом в гребаную дрянь. Лара недоуменно поглядела и покачала головой.

«Не понимаю. Порошок? Ты его конфискуешь для развлечения?»

Как можно быть такой наивной?

Я постарался ей растолковать.

«Видишь ли, когда тебе еще щенком суют это под нос, под такой сверхчувствительный нос, как мой... день за днем, каждый гребаный урок... ну, мозги у тебя трахтарарах, это тебе не сахарок и не бифштексик. За неделю становишься рабом. А потом у тебя в жизни не остается ничего другого. Оттого-то я и был таким молодцом, когда искал его, еще сыщиком: потому, что я не мог без него обойтись, а не потому что хотел угодить фараонам, которые меня держали на наркотике...». Мне было холодно, и изо рта у меня шла пена.

«Я тебе помогу избавиться от этого, Вишка. Моя любовь сильнее. Я бы тебя любила, даже если бы...»

«Даже если бы что? Даже если я тебе рассказал, что эта дрянь здесь уже неделю, с того дня, как я ее выкопал из садика Коржибского? Даже если я тебе рассказал, что Коржибский погиб потому, что не смог передать наркотик Триаде? Даже если я тебе рассказал, что убил Жукотича, потому что он стал у меня на дороге?»

«Не верю, не верю, не верю...» – лаяла она и пятилась к выходу с мешочком в зубах.

«Брось его, Лара!» – я метнулся к ней.

Но как раз в этот момент, привлеченные нашей перебранкой, выскочили двое в форме. Лара резко вырвалась, и ее ошейник остался у меня в зубах.

«Ты проиграл, Вишкотвитц, – пролаяла она, – пока бежала к агентам, чтобы попросить помощи.

Как можно быть такой наивной?

Ловцы бродячих собак заарканили ее и утащили в фургон.

«Да вы что? Остановитесь! Я Лара, из отдела Наркотиков, детектив Лара. Докладываю: детектив Лара!!!» Она и впрямь казалась бешеной собакой, такая грязная, встрепанная, без ошейничка и медальончика.

Мне ее больше не доведется увидать.

На мгновение я задержался, поразмышлять о бренности вещей. Мне очень хотелось завыть, но я удержался. Это же был Чайнатаун. Я понюхал немного «снежка», и мне сразу полегчало. Спать больше не хотелось, и я направился к пагоде.

Чайнатаун пробуждался к новому дню. На тротуарах стар и млад начинали делать упражнения *тай-чи*. Воздух разносил запахи имбиря и лука, и дальний лай запоздалого саксофона. Каждый возвращался к суетливым ритмам существования, к отправлению ритуала *Анники*, Великой иллюзии, Сна *Брахмана*, Танца Шивы, Вечной Космической Хохмы.

Псы обители приступили к дыхательным упражнениям. Я скрестил задние конечности и принял позу лотоса. Я сосредоточился на *муладхаре*, чтобы возобновить энергию и заставить ее струиться к высшим *чакрам*. Это было мне необходимо, чтобы освободить сознание от всего нечистого и отправиться в путь к месту спасения, по ту сторону добра и зла, радости и печали. К сердцу *порождающей пульсации*, к глазу ясной мудрости, к Великому покою, к Великому покою...

Глава 15

Как ты, Вишковитц, извелся

«Люба, почему ты меня не любишь?» – спросил я.

«Потому что ты червь, ты бесхребетен, у тебя кишка не то что тонка, ее нету, потому что ты трус».

«А еще?»

«Потому что ты безголовый, бессмысленный, бесхарактерный, бесчувственный».

«А еще?»

«Ты не умеешь любить, у тебя нет сердца».

«А еще?»

«У тебя крохотный член».

«Это все?»

«И еще, Вишка, ты никогда не думаешь обо мне, ты эгоист, паразит, ты умеешь только брать, живешь за мой счет, ничем не занимаешься, ничем не интересуешься, ты меня высасываешь, ты меня постоянно раздражаешь. Когда ты перестанешь меня мучить?»

Все ее тело содрогнулось от омерзения, от отвращения, затем опять, а потом снова.

Я хорошенько закрепился присоской в слизистой ее кишки, чтобы переждать приступ, прочистил от крови хоботок и спросил:

«А какие же у меня *недостатки*?»

Глава 16

Кровь пути кажет, Вишковитц

«Пап, а когда ты маленьким был, ты как?»

«Детство, Юниор, – лучший период в жизни акулы. Моя мать была отличной рыбой, она вправду сумела снабдить меня пропитанием. Конечно, мне потребовалось известное время, чтобы ее пережабрить, я был таким крошкой, еще в утробе. Я начал изнутри и проложил себе путь через самые полные крови органы, так что не могу сказать, чтобы я был с ней знаком. Помню, правда, что у нее было мягкое сердце».

«А еще дети у нее были?»

«Нет, у меня было двое братьев от тех же родов. Они меня укоряли: «Вишка, а кто же нас будет воспитывать». Как раз в те дни я не мог их переваривать. Потом, на пустой желудок, я ими занялся».

«Ты не страдал от одиночества?»

«Ну, был момент, когда я почувствовал какую-то пустоту. Но тут помогли дяди, двоюродные, бабушки с дедушками. Семья у меня, Юниор, в крови. Да и друзья мне помогали. Я бы сказал, что вплоть до отрочества все шло гладко. А потом я влип».

«Как это?»

«Хуже не бывает. Я еще помню, как звали этого прилипалу: Жукотич».

«Что, трудно с ним пришлось?»

«Ну да. Ты же знаешь, что это за животные. Называют себя симбионтами, а на самом деле они паразиты.

Прикрепляются тебе к животу зазубринами на плавниках и больше не отпускают. Но хуже всего их лицемерие. Критикуют каждый проглоченный тобой кусок, скармливают тебе чувство вины. Рассказывают тебе про каждого тунца, про каждую селедку, чтобы тебе кусок в глотку не лез и им оставались объедки. Я, сынок, видывал прилипал поупитаннее акул».

«Ты не мог кого-нибудь попросить тебя от них избавить?»

«Мог, но тогда у меня было не много друзей. И потом, только Жукотич и составлял мне компанию. Знаешь, пока ты молод, опытный прилипала может даже убедить тебя, что он тебе полезен. А вот когда у меня под брюхом оказались еще Петрович и Лопес, я понял, что пора что-то предпринять, и принялся искать кого-нибудь, кто бы мне помог. На условиях взаимности. Так я и познакомился с твоей матерью, Любой».

«На нее много налипло?»

«Столько, что только плавники и торчали. Но и так, поверь мне, видно было немало. Грудные были, что скаты, анальный – извивающийся, как водоросль. На обтекатель хвостового стебля тоже стоило посмотреть, но больше всего поражал глаз: красный, утопленный в щель, жгучий, как медуза».

«Вы легко поладили?»

«Ну, первые контакты вызывали затруднения, отчасти потому, что прилипалы отнюдь не глупы. Они умеют распознать опасность и без раздумий вонзают зазубрины в твой покров. Однако мало-помалу между моими паразитами и ее возникла симпатия, а потом и привязанность. Представь себе, в какой-то момент мои прилипалы обделывали свои дела с ее, а мы были рядом, соприкасаясь плавниками и глядя друг другу в глаз».

«Ты не мог... ну... одним словом...»

«Ее прилипалы большей частью были у половой щели».

«А ты не мог их убрать?»

«Ну конечно, но она не хотела. Она ужасно боялась забеременеть».

«Конечно, как все акулы».

«Тем не менее в какой-то момент эти помехи мне надоели, и я их сожрал. Она мне ответила, и родилась большая любовь. Ничто ее не сдерживало, и наша страсть, Юниор, была бешеной. Мы любили друг друга в растерзанных телах китообразных, среди плоти нашей добычи. Понимаешь, только внутри чужого мяса мы могли не сожрать друг друга. Естественно, не приходилось рассчитывать, чтобы на нас не оказалось ни царапинки. А так, однажды концентрация ее крови в воде превысила концентрацию ее гормонов. В этот момент мне пришлось ее пережабрить. Пока я отдирал от скелета мясо, я и увидел, как торчит твоя головка. Клянусь океаном, на меня такая нежность нашла. Твой спинной плавничок был крохотный, как чешуйка. Ты родился до срока, Юниор, это одна из причин, почему ты отстаешь».

«Но, папа, я не отстаю».

«Да конечно же ты отстаешь, и я в этом сам виноват. Малышу вредно глядеть, как отец терзает его мать и ни кусочка ребенку не оставляет. Ненависть, чувство вины, страх... в конце концов это отражается, как вот на тебе. Вырастают без злобности, без кровожадности. Я видел, как ты играл с треской, почему ты ее не убил?»

«Она мне, папа, нравилась».

«Вот видишь...»

«Должен же быть способ существовать, не вредя ближнему».

«Конечно, существовать за мой счет. Как какой-нибудь распроклятый прилипала! Проклятие, я тебе уже объяснял, что нет ничего, приносящего больше пользы, чем зло. Здесь понимают только нашу критику, зубами. Это мы заставляем работать этот гребаный океан, ясно? Ты только подумай, что будет, если всякий неприспособленный сможет жить, не будучи съеденным».

«Может быть, мы будем плавать расслабленнее, может быть, мы научимся уважать друг друга.

«Уважение, паренек, надо заслужить, даже у селедки. Они знают, что мы их убиваем для их же блага, потому-то они нас и уважают».

«Но...»

«Но тебя, Юниор, никто не уважает. Ты погляди вокруг: тунцы и каменные окуни, они насмехаются. Ты разговариваешь как прилипала, ведешь себя как прилипала, ты держишься за мой плавник. Проклятие, ты становишься паразитом! Ты помнишь, когда эта тетка спросила меня: «Хочешь, я его с тебя сниму?» Что я почувствовал? Ее сын не старше тебя, а уже слопал пять или шесть нянь, понимаешь разницу? Так больше продолжаться не может. Не может, если нас зовут Вишковитц».

«Папочка, дело в том, что меня другое привлекает».

«Конечно, якшаться с шар-рыбами да морскими коньками. Коллекционировать диатомовые звездочки. Слушай меня хорошенько: сегодня на ужин придут Лара с дочками. Не позорь меня, как было с моржами или как вчера с этими рыбаками».

«А что, что я такого сделал?»

«Юниор, у тебя больше трехсот зубов. Я тебе их не затем передал, чтобы ты лыбился. Повторяю: за обедом не обращаются скромненько к соседу, не просят: «Извините, не передадите ли мне вот того потерпевшего кораблекрушение?» Нет, впиваются, вспарывают, рвут на части, уничтожают, вырывают у других из пасти, да и тех прихватывают, я ясно выразился?»

«Что, сотрапезников тоже?»

«Естественно. К примеру, сегодня было бы очень мило, если бы ты растерзал хоть одну из девочек».

«Но это же дочки гостьи!»

«Ну конечно, болван. Гости всегда добавляют что-нибудь к ужину, вежливость этого требует... Гляди, вон они... помни же, веди себя прилично... Здравствуй, Лара! Девушки, привет!»

«Здравствуй, Вишка. А это твой сынок, правда? Прекрасно, прекрасно... У-у-у! Ты мне об этих тунцах говорил? Право, Вишка, это слишком... серебристые тунцы... такая редкость!»

«Да-да, Лара. Ну, ребята, налетай, чтоб не ускользнули!»

А-а-а-а. Рмм. Чоп. Граул. Слэш. Гасп. Скуэш. Юм.

«Спасибо, Юниор, за прекрасный вечер. Твой отец был просто восхитителен».

«Ваша мать тоже была неплоха. Спокойной ночи, девушки».

Глава 17

Судьба, Вишковитц, не воск в руках

Еще когда я был личинкой, мое очарование приковывало внимание. «Он станет знатным трутнем, – толковали няньки. – Это ведь только набросок, а уж каким выйдет законченное произведение!» Весь улей переживал мой метаморфоз как важное светское событие, как долгожданную премьеру. Стоило моим антеннам показаться из кокона, как стали кричать о шедевре. Критика единодушно отмечала «живописность колористического построения, обоснованность конструктивных решений, изысканность исполнения». Меньше единодушия в трактовке: «Что воображает о себе этот трутенек, – говорили одни. – Вишька, в брачном полете побеждает не тот, у кого у́же брюшко и ароматней щетинки. Успеха в размножении добиваются головой и крыльями...»

«Может быть, – отвечали другие, – но мы живем в матриархальном обществе, и даже если он не гений, и не носится на крыльях, как молния, с таким задком он может далеко пойти».

Конец этим бесплодным дискуссиям положила царица. Значение имело только ее мнение, и она сделала самый современный и смелый выбор: Вишковитц.

Должно было, однако, отдать дань традиции, и потому за день до брачного полета она явилась в сот трутней и объявила: «Перед вами Лара Сладка ди Мак, ваша царица и самодержица, милостью божьей и на радость сим сотам. Завтра же состоится Священный Брачный Полет. Как всегда, старт с линии тени этого падуба, едва солнце составит с ульем угол в шестьдесят градусов. Тот, кто подрежет дорогу, ужалит противника, сделает два фальстарта, будет дисквалифицирован и убит. И, как гласит наш Закон... – она обвела нас своими глазищами, – кто победит в испытании, пребудет со мной в своей Славе. Да победит сильнейший, самый трученый».

Могу вас уверить, что когда она это говорила, то думала не о Петровиче или Лопесе. На самом деле, уже было решено, что после старта, как только отделаюсь от мальчуганов, она будет меня ждать под сожженным дубом.

Я хорошо выспался и назавтра встал в отличной форме, натренированный летать, как оса. На улице я заправился двойной порцией меда, пригладил щетинки, расправил крылья и, как все претенденты, объявился на старте. Немного размялся, немного сделал *stretching*'а и несколько раз попробовал взлететь. Думайте, что хотите, но день брачного полета – это всегда важное событие. Все болели за Петровича, потому что фаворитом был он, и все ставки были на него. Я видел, как он подлетывал, жуя розмарин, возбуждающее средство. По команде *марш* он стартовал бешеным взмахом и сразу оказался впереди. Мы все бросились вдогонку. Согнувшись под прямым углом, на поворотах мы кабрировали, рыскали, шли зигзагами, чтобы не пропустить соперников. Идти в струе было слишком опасно из-за жал. Правила? Это все треп. Слышно было только гул, крик, ругань. Мне это быстро надоело, и, едва мы отдалились от улья, я ушел в сторону, плавно спланировал до самого дуба и, укрывшись за маком, сложил крылья.

Она не заставила себя долго ждать.

«О мой герой, – задыхаясь, сказала она, – возьмите со мной свою славу!» И я, Вишковитц, взял себе славу.

«О, мой паладин, – объявила царица позже, – мне в вас все приятно, ваш трепет, ваши сочленения, ваш хоботок... Воистину, у красоты ваше лицо и ваше имя! Знаю, что по обычаю ныне я бы должна вас кастрировать и убить, но на этот раз будет сделано знатное исключение. Более того, я попрошу вас поселиться со мной во дворце, ведь не думаю, что я смогу обходиться без вашего тела, без вашего запаха...»

«Я вижу, мы поладим. Мне тоже кое-что нужно».

В тот же вечер я переехал в царский сот. Прочие самцы были объявлены вне закона и уничтожены. Думаю, я ничем не смог бы им помочь.

Царская жизнь оказалась не хуже того, что я о ней воображал, и наш медовый месяц получился очень сладким. По утрам я вставал поздно. Пока я вкушал завтрак на основе царского молочка и отборной перги, работницы подвивали мне щетинки и разглаживали крылья. Я сразу же стал отцом, и мои хромосомы тиражировались по пять тысяч копий в день. Но нет ни пчелы без жала, ни розы без шипов. Однажды, вернувшись в сот, я застал Лару перед троном, она свернулась калачиком и плакала.

«Вишка, личинки... Мне каждый день надо придумать пять тысяч новых имен, а вы мне не помогаете».

«Назовем их всех Вишковитц. Имя неплохое, а у нас, медовинка моя, останется больше времени на себя».

«Ильинский сот! – взорвалась она. – Ну можно быть таким дураком? Вы же думаете только о своих щетинках. И прикройтесь, филанта на вас нет! Не расхаживайте по улью, распахнув крылья, работницы тоже женщины! Тут теперь никто не работает: сборщицы не собирают, медуницы не запасают мед...»

«Но ведь несправедливо же, чтобы созерцание прекрасного оставалось привилегией немногих избранных», – рискнул я высказаться.

«Хва-а-атит! Исчезните!»

Я понял, что пора уносить крылья. В самом деле, во мне никогда не было стремления к единобрачию, по природе я был предназначен опылять, перелетая с цветка на цветок. Я всегда считал, что взращивать и сеять красоту было моей прямой обязанностью. Именно об этом я всегда думал, когда загорал и душился, стараясь быть – сформулируем это так – художником, произведением и пропагандистом.

Продвигать свой образ оказалось проще, чем я предполагал. Придворные организовывали встречи с царицами, и, день за днем, мои гены выходили в новых изданиях, распространяясь миллионами экземпляров. Это был апофеоз. Однако монархини не имели привычки делиться, да и работницы начали требовать свою долю. Возникли дипломатические осложнения, социальная напряженность, даже разразилось несколько войн между ульями и между кастами. Моя жизнь стала адом.

Тогда я решил, что пора с этим покончить. Пора подурнеть. Тихой сапой я добрался до нор одиночных земляных пчел и принялся искать гнездо некоей Любы, известной своими успехами в реконструктивном восколитии. Она предложила мне расположиться в элегантной приемной, драпированной шелком, и на манер коллетесов защищенной от влаги с помощью смол и маслянистых выделений. Когда она появилась передо мной на свету... что сказать, я узнал в ней свое же несчастье: она была прекрасна. То же «радостное сочетание цветов» моих щетинистых волосков, тот же «нежный рисунок» моих ротовых частей, тот же «криволинейный ритм» моих губчатых масс. Одним словом, в ней было то, чего не было ни в какой другой самке из ульев: личность.

Пусть у нее были медовый зобик и восковые железы, решительно, она была женщина, и это чувствовалось.

«О небо! – промямлила она, увидав меня. – Мне про тебя рассказывали, но я не верила... – ее подавляла важность происходящего, – что одному творению может выпасть на долю столько солнечности, такие невиданные сочетания черт...»

«Ну, по правде говоря, я тоже не верил, что...» – я был взволнован, как какая-нибудь личинка.

Проклятие, говорил я себе, в первый раз я встречаю пчелу, которая действительно меня понимает, которая может придать смысл моей красоте, и именно ее приходится просить обезобразить меня! Я начал объяснять ей цель моего визита.

«А-а-а-а-а-а, – застонала она. – Не кощунствуй! Я бы никогда не смогла. Я оперирую насекомое именно затем, чтобы создать формы, напоминающие твои. А теперь, когда передо мной является совершенство, ты хочешь, чтобы я...»

В фасетках ее сложных глаз светились тысячи моих изображений, а в моих – тысячи ее. В каждом ее изображении, в свою очередь, как в зеркале, виднелись тысячи моих, в которых отражались тысячи ее... Это был экстаз зримых созвучий, уходящий за пределы всякого насыщения.

«Бежим вместе, Вишка, и мир будет нашим сотом, жизнь нашим нектаром...»

«Нет, Люба, тогда все начнется сначала. Я понимаю, как это сурово, но приходится выбирать между красотой и жизнью».

«Не теперь, – прошептала она. – Этой ночью, одну только ночь, мы отпразднуем наш союз...»

«Но, Люба... Мы же не можем произвести на свет еще создания, обреченные на несчастье. При таких родителях, как мы, они будут выглядеть...»

«Вот увидишь, капля воска творит чудеса...»

Назавтра она это продемонстрировала на мне. Мы поклялись в вечной любви, какие бы личины не заставила нас напялить жизнь, а потом она проявила свою привязанность, изуродовав меня так, что никакому насекомому не пришло бы в ганглии приблизиться ко мне. Своими восковыми протезами она превратила мои головные сегменты в самые настоящие похоронные украшения, а всю мою фигуру – в «пресную, мутную, риторическую кашу». Наконец-то я мог недокучаемо порхать по лугам и узнать простые радости жизни: любовь, работу, семью.

Весной Люба отложила яйца, и я помогал ей собирать припасы в инкубаторные камеры, сторожить кладку, отгонять хищников и паразитов. Жизнь текла безмятежно, но мысль о воске меня мучила: было очевидно, что придется его применять и к малышам, не то их у нас выхватили бы из члеников. На какое-то время это поможет, но летом, в жару, маски растают, и что тогда? Был уже апрель...

Как-то вечером, когда я вернулся в нору, какая-то гусеница сообщила мне: «Они родились, все в папу».

«В меня?» – переспросил я, показывая на свои восковые накладки. Ну, не в такого меня, решил я про себя. В крайнем случае, в Любу. Я спустился в ячейки и проверил. Гусеница была права. Это не мог быть воск, они еще только окукливались. Они походили на *меня*, на восковые накладки, которые я носил: детки были лысые, мутные, бесформенные!

«Люба!!! – завопил я. – Что тут происходит? Кто отец этих чудищ?!»

«Это ты, Вишка, клянусь», – ответила она. Слезы текли у нее по лицу, расплавляя приданные воском черты, обнажая ее отвратительные пальпы, напоминающие афаниптер, еще более уродливые, чем у малышей. Я почувствовал, что теряю сознание.

«Прости меня, Вишка, мне не хватило духу сказать тебе... Ну, не надо. Важно ведь уметь творить красоту. Разве мы не поклялись любить друг друга, какие бы облики нам не пришлось напялить на себя? Кто из нас двоих должен жаловаться? Ты, который мое уродство должен только воображать, или я, которой приходится видеть его каждый день? Я все устрою, вот увидишь, ребята тоже будут *ok*, им надо только придать немного... стилистического единства».

Прямо на моих глазах она стала штукатурить их воском. За полчаса ей удалось придать им изящество и достоинство, превратить их в два полненьких невинных пупсика, в нежных и привлекающих сердца крошек, в детишек, каких хотел бы иметь или хоть видеть любой родитель. Мне казалось, что я сплю.

«Не надо только заставлять их плакать, не то растают, – предупредила она. – Не приближай к ним свою восковую харю, они могут испугаться».

Что я мог поделать? Это были мальчик и девочка, мы назвали их Юниор и Шерба.

Я пытался убедить себя, что ничего не случилось. В конечном счете, она была пчелой, которая сумела больше, чем какая-либо другая, дать мне счастье. Это была та *действительность*, которая имела значение.

Но что случится, когда воск растает? Я не смел вообразить. Раз дети были так уродливы, хотя их отцом был я, как же должна была выглядеть она?.. Наступил уже май.

Однажды, возвращаясь на сот, в желании отвлечься я остановился поглядеть на брачный вылет. На старте было шесть цариц, и меня слегка кольнула тоска по прошлому. Я нашел место против солнца и вынимал из корзиночек немного пыльцы, чтобы сделать привал, когда до меня дошло, что что-то не так. Всякий шум прекратился, все глаза, сложные и нет, глядели на меня.

«Проклятие! Солнце, – подумал я, – плавит воск». Я бешено закрутил крыльями и взлетел, но царицы, все шесть, уже набросились на меня. Они стали тянуть меня за перепонки, щетинки, усики.

«Сдаюсь, – завопил я, – не надо меня рвать!» Вдруг они остановились, переменившись от изумления.

«Воск!.. Он весь покрыт воском!» Они очистили меня от воска и разгневанно рассматривали.

«До чего же он некрасивый! Выглядел таким интересным... А оказался таким же чучелом, как все остальные!».

Все остальные? Только глядя на других трутней, я понял. Ни единой щетинки не на месте, никакой вульгарности в деталях. Это все были мои сыновья, естественно, что они были такие же. Я был отцом всего нового поколения, всей этой гребаной нации, у работниц тоже были мои черты. Теперь уже заурядные.

«Уберите с глаз этого мошенника!» Меня с руганью выпихнули.

Люба, рыдая, глядела на меня с цветка. Под солнцем воск на ней таял, обнажая чудовищность ее тела и лица. С дрожью до меня дошло, что критика бы единодушно отметила «живописность колористического построения, обоснованность конструктивных решений, изысканность ...».

Глава 18

Давай, Вишковитц, выпьем

«Папа, я хочу перестать напиваться».

«Не говори глупостей, Вишка, ты же губка».

«Ну и что? Выходит, я должен всю жизнь провисеть на этом камне и процеживать и втягивать воду, как какое-нибудь растение?»

«Ты и есть растение, Вишка, ну уж зоофит, это точно. Что ты выдумываешь...»

Я был в отчаянии. Все мои попытки добиться плавучей жизни и следовать идеалам оказались безуспешны. Ах, были бы у меня мускулы, чтобы они протолкнули меня к известковой губке, которую я любил, чтобы мы слились с ней в единый *Sycon*. Ах, были бы у меня глаза, чтобы любоваться ею, был бы рот, чтобы сказать ей, что я ее люблю!

О моей красавице я знал только по азотистому запаху, который доносило течение. Этим частицам суспензии я придал форму, поры и имя: Люба.

Единственным способом увенчать успехом нашу любовь было бы добраться до нее несколькими сперматозоидами, но течение все время было противным, в сторону моей мамы, моих сестер, моих бабушек, вызывая множество недоразумений в семье и осложняя генеалогию. Двусмысленности ситуации добавляла периодическая перемена пола, которую мы, гермафродитные губки, должны были претерпевать. Мне было нелегко смириться с тем, что мой отец был женой своей матери, что его дочь, то есть моя сестра, была его дедушкой, а его бабушка была заодно и его братом, то есть моим дядей. Эти отношения становилось еще более нездоровыми из-за слияния тел: было трудно понять, где кончаешься ты и где начинаются близкие родственники. Трудно было воспитать в себе здоровую личность, когда ответвления твоих жгутиковых камер были в совместном владении с внедренной в тебя матерью, кровосмесительными сестрами и двуполым отцом, когда единственными анатомическими чертами, пригодными для осознания себя как личности, были гастральная полость и оскулум.

Быть растением – трагедия, потому что невозможно покончить с собой. Но зато если ты – губка, то можешь из-за этого напиться.

Я молил, чтобы что-нибудь случилось. Теллурический сдвиг, экологическая катастрофа, чтобы какая-нибудь каракатица мне помогла, ну что-нибудь. Наконец, что-то изменилось. Течение. Оно пошло в обратном направлении и обеспечило условия, при которых я мог оплодотворить губку, которую я любил! Ах! Я радовался, я волновался. Сразу же я решил упаковать свои сперматозоиды в геммулы и начать стрельбу в цель.

Но я их не нашел.

«Папа, – завопил я, – я стерилен!»

«Ты не стерилен, Вишка, ты самка, да и я тоже».

Я обомлел. Откуда такое невезение? Самка. А тем временем Люба стала самцом и ее семяизвержение не могло достичь меня, потому что теперь я был выше по течению.

К несчастью добавилось издевательство и на меня посыпались сперматозоиды мамы, сестер, бабушек...

«Проклятие, – выругался я, – проклятие!»

Моя дочь тоже наделала мне детей.

Я был своей собственной свекровью, мамочки, *своей собственной свекровью.*

Но, может, оно и к лучшему, вздохнул я. Может быть, так я не стану ненавидеть сноху, которая во мне. Может быть, так мое несчастие сделает меня, наконец, счастливым.

Глава 19

От этого, Вишковитц, звереют

«Что осталось, – рычал я сам себе, – от нашего естественного рая, котловины Нгоронгоро, самого большого на Земле кратера, колыбели творения?» Вокруг меня расстилалась какая-то Киноландия географического шоу-бизнеса. Здесь ценилось только умение покрасоваться шкурой, заставить говорить о себе. Ну, а если ты добивался-таки успеха? С того дня, как я оказался среди главных действующих лиц сериала о крупных кошачьих, я стал одной из звезд парка, за которой гонялись кинооператоры, зоологи и любители животных. Больше я не мог. Не мог больше терпеть эту кодлу шикарных хищников и снобствующих жвачных, не мог больше слышать, как гиеновые брешут о наплывах и композиции. Мне нужен был отпуск.

Тут мне встретилась молодая газель Томсона, довольно-таки фотогеничная, стройненькая, не выше 60 сантиметров в холке. Ее лоснящемуся меху могли бы позавидовать многие знакомые мне *starlettes*, но она двигалась естественно и не казалось одной из бесчисленных бездушных лолит. Она спросила меня, не лев ли я Вишковитц. Бесполезно было бы отрицать.

«Прошу тебя, растерзай меня».

«Это можно устроить, – вздохнул я, – но сперва тебе придется пройти кинопробу».

«Мы друг друга не поняли, я говорю всерьез. Вот, видишь? Это радиоошейник. Видишь шрамы? Это от усыпляющих пуль. Видишь эти таблички внутри ушных раковин? Проклятие, нет мне больше покоя!» Она и впрямь была несчастлива, а не играла роль.

«Дорогая, я тебя понимаю, но ты не ко мне должна обратиться».

«Я очень нежная, я всегда щипала только проростки».

«Да я не сомневаюсь, но то, что ты видела, это были просто документальные фильмы, ты же не думаешь, что бы я...».

«А эти трупоядные, зачем они тут? Они ведь ждут, чтоты им от меня оставишь?»

«Ну нет, – улыбнулся я. – Гиена, это Жукотич, он воображает себя моим агентом. Шакал и гиеновидная собака, Петрович и Лопес, это два статиста. Просто у них всегда такая морда».

«Ну, должен же где-нибудь остаться настоящий хищный зверь...» – нетерпеливо промычала она.

«Не в Нгоронгоро. Здесь среди плотоядных в моде быть вегетарианцем, не то что рвать живую плоть. Разве только кто-нибудь испортит им передний план. Тут и антилопа пустила бы в ход зубы. Но я слышал, что за пределами кратера, в Серенгети, дела обстоят иначе, почти как в старые времена. Стоит попробовать там, – я тряхнул гривой по направлению к Мандузи. – Но будь осторожна: жизнь в тех краях может тебе понравиться».

Она со вздохом повернула мордашку: «Там внизу?»

«Да, за озером есть дорога, которая взбирается на край кратера... В Сенето спросишь... Знаешь что? Давай-ка я тебя немного провожу, мне это пойдет на пользу».

Мы прошли лесок лихорадных акаций, а дальше проследовали по северному берегу Макати, чтобы обойти кэмпинги, посадочную полосу и *lodges*. По дороге я давал советы, которые могли бы пригодиться, если бы жизнь снова стала ей дорога. Я рассказывал ей про масаев, про браконьеров, про белых охотников, про саванну тех времен, когда львиная грива была царской короной, а наш рык был законом. Сердце у меня забилось сильнее, и казалось, я снова вижу кратер моего детства, когда над озером поднимались в полет фламинго, чирки, клювачи и каравайки, марабу, колпицы и яканы, а в Мандузи дремали бегемоты, за которыми следили белые и серые цапли, длиннохвостые вдовушки и веерохвостки.

Важенка объяснила мне, что не оставляла на этих пастбищах ничего дорогого сердцу, никого, с кем стоило бы попрощаться, что в ней не осталось стадности с тех пор, как вожаки их стада решили упразднить размножение, чтобы сделать вид вымирающим и подняться в глазах *wildlife management*. Я старался ее утешить, но не мог, в свою очередь, удержаться от того, чтобы посетовать на падение авторитета самца, на самодурство львиц, год от года все более мускулистых, умничающих, честолюбивых, на общество – наше общество – все более уподобляющееся обществу гиеновых, которые издревле живут при матриархальном строе, результаты чего мы все видим.

Смеясь и перешучиваясь, добрели мы до края гор. Тут я решил, что тоже взберусь на гребень взглянуть на то, что кроется за горами: на Килиманджаро, на обширные равнины, на озеро Виктория. Мне очень пойдет на пользу порадовать глаза, объяснил я ей. Вблизи вершины мы решили передохнуть. Углубившись в кустарник по тропинке, протоптанной слонами и буйволами, под сенью нуксий, альбиций камеденосных и можжевельников скрученных мы нашли приют, в котором, кроме нас, были только одна мартышка и несколько желтых павианов. Там мы вытянули лапы и легли головами на мох, покрывающий досковидные корни кассипуреи. Она молча плакала, коротко всхлипывая. Я положил ей на плечо лапу, гадая, каково это: вонзить зубы в эту тонкую шейку, вырвать куски этого молодого окровавленного мяса. Скорее всего, это обернется тяжестью в желудке, тошнотой и чувством вины, а может статься, и чудовищным удовольствием.

«Ты приятно пахнешь», – неожиданно проблеяла она.

«*Pardon?*» Лапа у меня была поднята, как на гербе, и из-под мышки пахло: неужели надо мной насмехались?

«От тебя приятно пахнет львом, самцом».

«Сам-м-мцом?»

«Да, ведь вы, львы, самые красивые самцы в саване, такие царственные, такие мускулистые... Куда до вас этим женоподобным травоядным. Ты никогда не задумывался, почему у всех жвачных есть рога?»

«Нет, я...»

«Знаешь, у нас, полорогих, почти нет полового диморфизма... Мне всегда было как-то не по себе, когда за мной ухаживали эти типы...» Она повернулась ко мне и опустила надбровную полосу, томно, порочно, а ветер развевал ей гривку.

Что мне оставалось делать? Может, сказалась жара, может быть, одиночество...

«О, Вишка, это было чудесно», – сказала она потом.

«Да, это было славно», – соврал я. Это было не просто славно, это было что-то фантастическое. В этой козочке было больше женственности, чем во всех *звездочках* моего круга вместе взятых, во всем этом собрании кисок, которые уже совсем поверили, что плотские утехи – это бифштексы. Мне и имя ее нравилось – Люба...

«Жаль, что это не может продолжаться», – проржала она.

«У? Ты о чем?»

«Что нас ждет? Мы же не можем спрятаться здесь, на высотах, навсегда, рано или поздно нам придется спуститься на равнину. Если мы спустимся в сторону Серенгети, то кто-нибудь меня там растерзает. Помоему, у тебя возраст не тот, да и опыта нет, чтобы защитить меня от этих хищников. Но даже если все обойдется, нам придется считаться с менталитетом среды, которая почти не изменилась со дня творения, правда? А с другой стороны, даже если мы решим вернуться назад, положение не будет лучше. Ты себе только представь, что произойдет, когда СМИ пронюхают про историю вроде нашей? И потом, какой пример мы покажем нашей молодежи? Не надо быть расистами, но между видами должен поддерживаться разрыв. А потом, мы и здесь не очень-то в безопасности: не забывай, что на мне радиоошейник, и раньше или позже нас найдут. Прощай, Вишка!» Она вдохнула слезу, махнула хвостиком и, вихляя задом, направилась по склону, в сторону Олдувая и Серенгети.

«Эй, погоди, да погоди же...» – Но она уже перебирала ногами вниз по крутым откосам, как циркач по канату, и я никак не мог ее догнать. Что мне было делать: я огляделся. От панорамы захватывало дух. На миг я замер, пьянея от этих широких пространств, диких и бескрайних высокогорий, простирающихся на сотни миль до Масаи-Мара... Налево виднелось озеро Ндуту и равнинные саваны Масвы, направо – узины Олдувая... Сердце у меня билось, как у кутенка. «Держись, старина Симба, – сказал я себе, – кто это сказал, что ты стал стар для этой жизни?»

Я ступил на тропу, спускавшуюся в долину, и бодрым шагом припустил рядом с дорогой, которая вела в Серенгети через Нааби-Хилл. При моем приближении взлетали венценосные журавли, секретари, дрофы и траурные курочки. В этих местах быть львом еще что-то значило.

Наконец, я вышел на бескрайнюю равнину, покрытую короткой травой, из которой там и сям торчали гранитные громады *kopje*. На ней паслись газели Томсона и Гранта, зебры, чернохвостые гну, бубалы Джексона, топи, страусы и ориксы, за которыми внимательно присматривали гепарды, гиеновидные собаки, шакалы и несколько моих сородичей. Я не мог не восхищаться элегантной осанкой этих антилоп и поймал себя на том, что останавливаю взор на выпуклостях их крупа. Во мне снова пробудилась чувствительность к некоторым простым зрелищам природы: утончающимся хвостам орикса и стенбока, раскраске куду и бонго, короткому меху импалы, хвостикам дикдиков, задочкам некоторых жираф. Не знаю, был ли это инстинкт самосохранения или стыд: отчего-то они слегка встревоженно убегали от меня, бормоча и прикрываясь хвостами.

Я вежливо поздоровался с несколькими встретившимися хищниками, но побоялся расспрашивать их. У них был рысий взгляд серийных убийц. Такие не шутят, растерзают сразу. И неизвестно, что они еще вытворяли с добычей, о чем никакие документальные ленты не рассказывали. С дрожью подумал я о Любе.

Неделю я рыскал вдоль и поперек, осторожно двигаясь между высокими стволами, стараясь вести себя поскромнее, чтобы не раздражать владельцев этих территорий. Наконец, в окрестностях Копи Мору, я ее нашел. Она паслась в компании мелких дикдиков и крупных суни. Она довольно холодно поздоровалась со мной, но я не мог понять причины этой сдержанности. По крайней мере, она пригласила меня провести вечер вместе. Люба рассказала мне, что ее приняли травоядные этой ниши, что она нашла новую семью, новых родителей, новых братьев и сестер.

«Ну, оставайся, поешь с нами», – внезапно проблеяла она.

«По-моему, это совсем ни к чему, Люба», – возразил я. Но она слышать ничего не хотела.

«Мама, папа! Угадайте, кто придет к нам на ужин?» Она повела меня через стадо полорогих, и я последовал за ней, весь сплошное мурлыкание и хорошие манеры.

Они постарались не выдавать своих чувств, но остолбенели, как будто их мамба укусила. Меня представили двум газелям, которые от смущения говорили со мной холодно, и двум бубалам, которые ограничились тем, что взглянули на меня с явным отвращением. Я решил, что первые двое – это папа и мама, а вторые двое – ужин.

«Ямбо, хабари гани? Мими Вишковитц», – сообщил я политически наикорректнейшим рычанием, и похвалил хозяйке дома ужин.

Как быстро выяснилось, я ошибся: две газели были друзьями, а два бубала – приемными родителями. Но оплошность уже случилась, и я себе уже подал еду на стол.

Весь остаток вечера нам было неловко и мы молча глядели друг на друга.

«Как же так? – сказала потом Люба. – Ты же мне сказал, что ты вегетарианец».

«Ну да, но я думал, что здесь...»

«Видишь, я тебе говорила, что это не может продолжаться».

«Дай мне привыкнуть, Люба».

«Нет, Вишка, мы слишком разные, как же ты этого не понимаешь?»

Я покачал головой.

«И потом, я обручилась». Мордой она показала на двух козочек, которые были на ужине, одна из них дрожала, как лист. «Да дело не только в этом, Вишка. Тебе столько лет, что ты мог бы быть моим...» – она принялась считать. Если ей был год, между нами могло быть пятнадцать поколений. «Ну, в общем, мы вместе будем смешны, понимаешь? И с годами ты не помолодеешь». Она опустила взгляд.

Тут и кончилась наша история.

Поджав хвост, я снова пустился по дороге, ведущей в кальдеру. Она сделала мне больно. Не столько тем, *что* было сказано, тут, на самом деле, все правда. Но вот *как* это было сказано. С гримаской сочувствия и смущения. Мне было ведомо это ощущение, я сам его испытывал, глядя на то, как другие звери переживают унижсния старости. Когда самые смиренные животные потешались над ними. Когда распоследний мальчишка из съемочной группы выгонял их из кадра, чтобы они не портили панораму. Когда даже туристы опускали свои видеокамеры.

Я был рад снова увидеть своих старых друзей, подружек, кутят. Даже некоторых гиен.

Со дня этого ужина я больше не любил никакое жвачное. И даже не ел их. Не считая этой Любы, или как ее там звали. Ее жиры легли как-то тяжеловато, но время и упражнения, *groar*, их разогнали.

Глава 20

Ну и тварь ты, Вишковитц

Я, Вишковитц, был микробом.

«Важен не размер, Вишковитц, – говорили мне, – Важно быть самим собой».

Как будто это так просто. Не успел я полюбить свое имя, как уже стал двумя микробами, ВИШКО и ВИТЦ. А уж что говорить, когда превратился в четыре: ВИ, ШКО, ВИ и ТЦ. Я разваливался на части.

Мы все были немножко такими в докембрии. «Что поделать, – поговаривали, – жизнь такая». Мне казался более подходящим термин «обмен веществ». Развлечение мы себе представляли как осаждение в компании с коацерватами и протеиноидами, а смесь метана с аммиаком мы считали «славной атмосферой».

Когда меня начали звать В, И, Ш, Ко, В, И, Т, Ц, я понял, что пора что-то предпринять. Но что? И кто? Я был в меньшинстве даже среди себя самого, народ меня звал на «Вы».

Тогда-то я и услышал Голос: «В, И, Ш, Ко, – сказал он, – пора стать животным, тварью».

«Тварью?» Я дошел до того, что был готов всерьез рассмотреть любое предложение: то, что для кого-то было бы вырождением, для другого могло оказаться прогрессивной эволюцией.

«Не знаю, с чего начать», – сознались мы.

«С того, чтобы быть эгоистами, полными себя. Вцепляешься всеми силами в свое маленькое «я», это тебе не должно быть трудно...»

ВИТЦ

Мы попробовали. То, что оставалось моего в моих восьми микробах, испытало приступ гордости, прирост вязкости, и вынудило их героическим усилием объединиться в единый плазмодий. Думаю, это был первый многоклеточный организм и первый истинный я. Именно я, Вишковитц.

«А теперь?» – спросил я.

«М-м-м... Теперь ты должен научиться убивать и пожирать ближнего своего. Ты теперь такой большой, это тебе не должно быть трудно».

«Другие живые существа?»

«Только пока ты их не убил, Вишка. В этом нет ничего дурного, это просто называется гетеротрофный образ жизни».

Опасности не было видно, ближние были все какие-то меленькие. Я огляделся и сразу увидел, что мне подходило: бациллу Жукотича, вибриона Петровича и спириллу Лопеса. Три палеомикроорганизма, гнилостных и вирулентных, которые травили меня своими токсинами весь археозой. Я двинулся туда, врезал им по мордам и проглотил. Это был первый пример «выживания наиболее приспособленных», понятия, которому было уготовано великое будущее.

«А теперь?»

«Теперь ты должен научиться... этому... Ну, значит, слиться с другим организмом и рекомбинировать. Найди кого-нибудь, кто тебе нравится, и обменяй с ними немного ДНК.

«Но...»

«В этом нет ничего непристойного, Вишка, давай, как сердце велит».

Я решил, что речь идет о ВИТЦ, четырех клетках, которые колыхались посредине моей полости, – при некотором воображении их можно было принять за сердце. Извергнув В, я стал следить за тем, куда она денется. Оно сразу же стало потихоньку ускользать, линять отсюда, скручивая и изгибая протоплазму. Я следовал за ним, гребя жгутиками, пока не увидел, как он добрался до некоего альбуминового студня серебристых микоплазм, желатины, окруженной длинными нитевидными ресничками и рядами пурпурной бахромы. Тут я потерял его след.

«Эй ты, гель! – закричал я. – По моему, ты забрал мое сердце?»

«Да тут сердца туда-сюда так и шмыгают, – ухмыльнулся сердцеед. – Твое-то какое из себя?»

«Сферическая микоплазма, последний раз, как я слышал ее биение, она была довольно-таки упругой и податливой».

«Ну, если хочешь, можешь забрать его назад. Только придется, плазмодий, снова за ним зайти».

«Плазмодий – это мой морфотип, а зовут меня Вишковитц».

«Ну а гелем зови свою тетю, меня зовут Люба».

Я осторожно присоседился к ней и присоединился к ее липкой массе. Затем я выпустил, распрямляя, И, напряг его и запустил в тело этой особы на поиски беглеца. Раз, раз, – я потерял и само И, которое выскользнуло и нырнуло, со всей своей протоплазмой и периплазмой в ее Ю.

Так я изобрел секс. Получилось как-то неуклюже, но уж от всего сердца. Я спросил желатину, как ей понравилось.

«Это называется секс? – захохотала она, вся трясясь. – Ты это называешь сексом?» Чуть не лопаясь от смеха, она сжала сифон и уплыла без следа, оставив меня с разбитым сердцем.

Оно-то и болело, эта дыра в середине существа. Не то чтоб ВИШКОВЦ звучало плохо, поймите меня правильно, но это было имя раненого плазмодия, твари, уязвленной в собственном «я». Я решил построить муреиновую ограду вокруг останков этого сердца.

«Не делай этого, Вишка, – остерег меня Голос.

«Опять ты! –разразился я. – Можно, наконец, узнать, кто ты такой и с чем тебя едят?»

«Я... голос твоей наидревнейшей протоплазмы. Перворожденный Микроб, Первоклетка, от которой вы все родились, объемлющее вас Я. Можешь звать меня ВИ; ВИ, как Вишка, твое сознание; ВИ, как Витц, твое сердце, как семя, что ты посеял; ВИ твоей витальности, сын мой.

«Ну-ка, ну-ка...» В его речи была какая-то логика, что-то от первого микроба могло остаться во мне. И в других.

«Выходит, твоя протоплазма есть во всех, к примеру, в этой, как ее, Любе».

«Именно так. И обещаю тебе: ты ее найдешь, Вишка, найдешь. Может быть, дела у тебя пойдут получше. Да, может быть...»

«Так, может, ты был и в Жукотиче, Петровиче и Лопесе?»

«Да, я и теперь там. С ними тебе тоже доведется встретиться, Вишка, такая уж у меня фантазия...»

«Ты что же, их тоже хочешь заставить развиваться?»

«Не надо этих «развиваться», «прогрессивная эволюция». Эти слова мне не нравятся. Куда забавнее «меняться», Вишковитц».

«Погоди. Ты меня назвал Вишковитцем, но ты же отлично знаешь, что это имя стало бессмысленным».

«Я знаю, что говорю. Загляни в свое сердце, и увидишь, что я прав. Ну же, не бойся, это же не спиритуальное упражнение...»

Я сложился, гидролизовал полисахариды и тихонько заглянул. Естественно, я увидал только Т и Ц. Однако, тесно соприкоснувшись, В и И в Вишке оживились. Они начали раздваиваться, становиться двухдольными, рассекаться бороздами на сектора, дробиться. Через несколько минут регенерация завершилась и передо мной был он, ВИТЦ.

«Чтоб меня!..» – завопил я. Это снова был я, старая тварь, лучше прежнего. Ладно, говорю себе, отлично, меня тут никто не остановит, пришло времечко им всем показать, мать вашу экосистему! Заплакав и засмеявшись, как дитя малое, я был уверен, что от моих соленых слез начнется море, да-с, море, и отсюда пойдет жизнь, настоящая жизнь...

«Ну, молодцом, ты теперь настоящее животное, – похвалил себя Голос. – Но ты должен узнать еще одну вещь...»

«Ну, чего еще. Мейоз? Брожение? Онтогенез?»

«Смерть, Вишка, смерть».

«Ты что, шутишь?»

«Ты, Вишка, теперь не микроб. Животные умирают».

«Погоди, приятель, погоди... Это что же, отказаться от всего?»

«Всего».

Глоссарий*

SLOVARIK

* Этот словарик не предназначался для печати, а должен был облегчить жизнь рецензентам и редакторам. Однако мы сочли, что такой лексикон может оказаться полезен и рядовому читателю. И еще он может позабавить читателя-биолога. *(Прим. пер.)*

Акация лихорадная

Систематическое название *Acacia xanthophloea*. На английском дерево называется *Yellow Fever Acacia*. Дело в том, что больше всего деревьев растет у воды, хотя бы временной, то есть там, где размножаются переносчики малярии и других лихорадок, и болезни связывали не с гнусом, а с деревьями.

У лихорадной акации крона бывает плоской или куполообразной. Высота дерева может превышать 20 м. Листья мелкие. Зелень хорошо защищена колючками (видоизмененными прилистниками), но у высоких деревьев, до листвы которых жирафам не добраться, колючки поменьше. Листва опадающая или частично опадающая, в зависимости от того, сколько дождей выпадает в краю. Кора зеленоватая, слегка чешуйчатая, покрыта желтоватым порошковым налетом. Цветы собираются кистями на концах ветвей, и в конце сезона дают бурые стручки с мелкими твердыми коричневыми семенами.

Род *Acacia* растений подсемейства мимозовых (*Mimosoideae*) семейства бобовых (*Fabaceae* или *Leguminosae*).

Растет, в частности, в Кении.

Акация свистящая

Acacia dreparalobium, называемая на английском *Whistling Acacia*, или, чаще *Whistling Thorn tree*, а также *swollen thorns*.

Высота может превышать 5 м, но часто куст останавливается в росте. Зелень защищают торчащие парами шипы до 7 с лишним сантиметров длиной. Между ними рассеяны видоизмененные шипы, с утолщением диаметром в дюйм. Здесь живут муравьи (страх перед ними несколько защищает дерево). Насекомые проедают в своих обиталищах дыры, и покинутые шины свистят на ветру. Муравьи иногда объедают ростовые конусы, отчего дерево останавливается в росте и остается стерильным.

В начале сезона дождей, прежде чем вырастут новые листья, на ветвях появляются душистые бело-розовые цветки. Они (не считая цвета) напоминают мимозу. Стручки длинные, а семена любят не только животные, но и люди.

Растет в экваториальной Восточной Африке, особенно на равнине Серенгети.

Род *Acacia* растений подсемейства мимозовых *(Mimosoideae)* семейства бобовых *(Fabaceae* или *Leguminosae)*.

Аламеда

Пригород Сан-Франциско на острове у восточного берега бухты Сан-Франциско.

Альбиция камеденосная

Albizia gummifera – точное латинское название вида, растущего в районе Нгоронгоро.

Род *Albizia* растений подсемейства мимозовых (*Mimosoideae*) семейства бобовых (*Fabaceae* или *Leguminosae*).

К нему относятся высокие деревья, в том числе самое быстрорастущее в мире дерево.

Альбуминовый

Альбумины – простые белки; входят в состав животных и растительных тканей. Растворимы в воде и солевых растворах.

Амарилло *(Amarillo)*

Иногда Амарильо, изредка Амарийо, город в США, на севере штата Техас. 158 тыс. жит. Центр нефтегазодобывающего и сельскохозяйственного района. Известен предприятиями атомной промышленности и по получению гелия из природного газа, хранилищем жидкого гелия, аукционами по продаже скота. Название города (испанское «желтый») связано с цветом глины протекающей здесь реки.

Анника

Изменчивость *(санскрит).*

В современной Сутре о бхагаватах (богообожателях) сказано: «Чтобы проиллюстрировать доктрину непостоянства (анника), сядьте в позу лотоса – как долго вы ее вытерпите?»

Антенны

Иначе – сяжки, усики; многочленистые подвижные головные придатки насекомых и большинства типов других членистоногих; хорошо развиты и служат обычно органами обоняния и осязания.

Анупасати

«И раз вы продолжаете это наблюдение за дыханием, которое Будда называет Випассана или Анупасати Йог, если вы продолжаете наблюдать и наблюдать за ним...»

Апокринные железы

Железы, у которых при образовании секрета отторгаются верхушечные части клеток. В частности, крупные потовые железы млекопитающих. Апокринный пот – это рудимент, доставшийся человеку от его доисторических предков. Он не имеет терморегуляционного полезного назначения. Впрочем, у человека он также не имеет запаха – но только до тех пор, пока на поверхности кожи не начнут действовать бактерии. Побочным продуктом деятельности этого отвратительного союза и является то, что мы называем запахом грязного тела.

Название образовано от греческого, приведенного здесь в транскрипции латиницей: *apokrino* – отделяю.

Арахнида

Арахнидами (*Arachnida*) называют паукообразных членистоногих, в частности скорпионов.

Арахноидный

Паукообразные (*Arachnoidea*), класс беспозвоночных типа членистоногих. Объединяет около 35 тысяч видов и, кроме пауков и других отрядов, включает скорпионов.

Археозой

Историческая эра, совпадающая с крупной эпохой складчатости и гранитизации, имевшая место 2500–2700 млн лет назад. Начало археозоя лежит, по представлениям 1970-х годов (порядок величины оценки с тех пор не менялся), примерно за 3 500 млн лет до н.э.; в Британской энциклопедии 1997 года указан срок 4 000 млн лет до н.э.

Асана

Асана *(санскрит)* – поза, положение.

Дхъяна *(санскр. Dhyâna)* – у индийских брахманов глубокое размышление о Вишну. Если образ Вишну никогда не исчезает из мыслей мудреца, где бы он ни находился и что бы ни делал, то он может считать, что вполне овладел им. Имеется шесть степеней достижения этой цели:

1) яма – подвиг самообуздания и воздержания;
2) асана – сидение в особых положениях;
3) пранаяма – удерживание дыхания;
4) пратьягара – удаление всех посторонних мыслей;
5) бхавана – сосредоточение на внутренних мыслях;
6) дхарана – удерживание в памяти этих мыслей.

Атман

Термин индийской философии, в частности системы веданта, обозначающий мировой дух. Атман является основным, общим и отвлеченным живым началом, в котором сливаются объект и субъект, душа и Бог или вселенная. В отличие от *праны,* живое начало в человеке, называемое атман, тождественно с тем, которое оживляет природу. Человеку это живое начало кажется праной, т. е дыханием, воздухом или материей еще более тонкой, чем воздух – эфиром. Но атман является и маленьким существом, гомункулусом души, пуруша, сидящим в сердце, откуда он управляет всеми жизненными силами

Только пройдя через целый ряд тел, умирая и снова возрождаясь, душа может в конце концов слиться с Атманом, душой мира.

На санскрите *атман* – душа, дух.

Афаниптера *(Aphaniptera)*

Отряд насекомых, блохи.

Батрахомиомахия

«Война мышей и лягушек», древняя пародия на Гомера.

Биота

Исторически сложившаяся совокупность растений и животных, объединенных общей областью распространения.

Название образовано от греческого, приведенного здесь в транскрипции латиницей: *biotê – жизнь.*

Бонго

Вид *Taurotragus eurycerus* (или *Boocercus euryceros*) лесных антилоп из рода Оленебыков. Оленебыки – самые крупные из антилоп. Длина тела до 3 м и более, высота в холке около 1,8 м, весят до 900 кг. И у самцов, и у самок рога массивные, слабо спирально скрученные, длиной до 1 м. С нижней стороны шеи свисает складка кожи (подгрудок) без подвеса шерсти. Вдоль хребта – жесткая короткая грива. Хвост с кистью на конце. Окраска: на общем желтом (янтарном, каштаново-рыжем) фоне слабые белые поперечные полосы на туловище и шее, полулунное белое пятно на груди, белые отметины на ногах. Самцы темнее самок, до цвета красного дерева. Распространены в Центральной и Южной Африке, от Сьерры-Леоне до Кении и Уганды. Встречается исключительно в лесах с густым подлеском. Проникает в горы до высоты 3000 м над уровнем моря. Взрослые самцы держатся всегда в одиночку, самки с молодежью и телятами образуют небольшие группы. Очень осторожны и чутки, при малейшей тревоге исчезают, как по волшебству; ведут исключительно скрытный образ жизни. Редчайшая из антилоп.

Брюхоногое

Представитель класса брюхоногих моллюсков *(Gastropoda),* то есть, улитка.

Бубал Джексона

Подвид единственного вида рода коровьих антилоп (*Alcelaphus;* раньше был даже род *Bubalis*) – *Jackson's hartebeest (Alcelaphus buselaphus Jacksoni).* Раньше подвиды бубалов выделяли в отдельные виды, но они скрещиваются, и сейчас принято сводить их в один вид. Крупнее обычных бубалов. Бубалы отличаются маленькой и узкой головой, большими копытами, маленькими слезными ямками, хвостом, оканчивающимся кисточкой волос, и 2 сосцами. Длина тела 210 см. Высота 120–140 см, вес 125–200 кг. Средняя длина рогов 58 см, максимальная – 70 см.

У Бубала Джексона рога почти прямые, у основания несколько вздутые; образуют латинскую букву «V». Шерсть красноватая. Обитают в саваннах и полупустынях Африки. Способны к быстрому бегу; очень выносливы. Образуют общие стада с газелями, зебрами, страусами. Чуть ли не истреблены, но сохранились в национальных парках и резерватах. Свои большие стада редки. Обычно группы по 10–20 животных. Самки и самцы держатся порознь.

В кратере Нгоронгоро бубалы считаются «особенно обычными».

Бут-Хилл *(Boot hill)*

Жаргонное название кладбища на Дальнем Западе. Так официально называется кладбище в городе Томбстоун («Надгробный камень») в штате Аризона, где хоронили участников перестрелок – и в том же городе отличались братья Ирп.

Упоминание сапога *(boot)* в названии служит намеком на то, что покойники умерли не разуваясь.

Бушидо

Сейчас вне Японии так называют неполноконтактный вид боевого единиборства и боевое восточное многоборье; но вообще-то «Бушидо» («Путь воина») – название древнего учебника морали, излагавшего кодекс чести самураев.

Важенка

Важенка (от саамского *вадж*), местное название самки северного оленя. Если верить Далю, так называли и стельную корову.

Вдовушка

Вдовушки *(Viduinae),* подсемейство птиц семейства вьюрковых ткачиков (*Ploceidae*), отряд Воробьиные (*Passeriformes*), подотряд Певчие *(Oscines);* к этому же подотряду относятся воруны. У вдовушек короткий клюв и средней длины крылья. 9 видов. Наиболее известна райская или длиннохвостая вдовушка *(Steganura paradisaea;* иначе *Vidua paradisea),* распространенная в африканских саваннах (к югу от Сахары), причем на востоке континента. Собственно, она не из подсемейства, а из близкого к вдовушкам рода ткачиков *Vidua;* у них самцы в брачном наряде также имеют длинный хвост и черную преобладающую окраску. В этой птице 15 см длины, не считая хвоста, и 25 см в размахе крыльев. Самка желтовато-бурого цвета, с двумя черными полосками на темени и черною поводкою; грудь ржавчинно-красноватая; маховые перья черные с ржавчинными краями. Молодые птицы вне периода размножения и взрослые самцы окрашены неярко, напоминают воробьев; в брачный период у самцов развивается средняя пара рулевых перьев, которые становятся очень длинными, и преобладает блестящая черная окраска (отсюда название). В это время самец черный, с оранжевого полосою на шее, оранжевым зобом и желто-оранжевыми боками шеи; горло черное; зоб красно-бурый; нижняя сторона тела ржавчинно-желтая или белая; маховые перья – темно-бурые; на это время четыре средних рулевых пера сильно удлиняются и становятся длиннее тела; средние из этих перьев к концу постепенно суживаются, а два крайние тупо округлены и имеют отдельные длинные щетинки.

Держатся стайками по болотистым местам и в высоких тростниковых зарослях по берегам озер. Летают плохо, особенно самцы-женихи. Полигамны, гнездовые паразиты (самка откладывает яйца – по одному – в гнезда ткачиковых птиц). Зерноядные.

Веерохвостка

Вид *Rhipidura melanogastra* семейства *Muscicapidae* певчих птиц, живущий в лесах восточной Африки. У самца голова и маховые перья – черные, спина и длинный хвост – белые, а нижняя сторона тела – серая.

Великий покой

Это не случайное словосочетание. Речь, конечно же, идет о *нирване.* В лаоистском буддизме есть трактат Согьяла Ринпоче «Естественный Великий покой»: «...всем существам, где бы они ни находились, освободиться от страданий и иметь это непревзойденное счастье, этот естественный Великий покой, покой Будды».

«Состояние нерушимого покоя, которое и называется освобождением».

Интереснее для нас – в контексте главы – другая фраза: «Свобода от иллюзий – вот источник Великого покоя!»

Знает про Великий покой и даосизм, где есть «Канон Великого покоя». В более раннем трактате можно найти: «Великий покой все рассеивает».

Вертлужок

Вертлуг *(trochanter)* – один из члеников ноги членистоногих, подвижно соединяющий тазик с бедром. Обыкновенно самый маленький членик ноги.

Вибрион

Короткие (длина 1–5 мкм, толщина 0,3–0,6 мкм), изогнутые, похожие на запятую бактерии, имеющие жгутики; входят в род *Vibrio.* Обитают в воде, почве и содержимом кишечника животных и человека. К вибрионам относятся более 100 видов, среди которых очень много болезнетворных для человека, например, *V. comma* – возбудитель холеры. Название – транслитерация французского *vibrion,* происходящего от латинского *vibro* – колеблюсь, извиваюсь, дрожу.

Вибрисса

Крупные, выступающие над поверхностью шёрстного покрова, чувствительные (осязательные) волосы у млекопитающих. Обычно вибриссы расположены группами на голове (на носу, над глазами, на нижней челюсти и т.д.). Очень похожи на типичные волосы, но толще и длиннее их в несколько раз.

Название – транслитерация латинского *vibrissae,* от *vibro* – колеблюсь, извиваюсь.

Вирулентный

Вредный, ядовитый.

Вислокрылые

Отряд насекомых. Иначе его называют Большекрылые или Большекрылки *(Megaloptera).*

Формы с примерно одинаковыми крыльями, длинными антеннами и грызущим ротовым аппаратом; личинки развиваются в воде. Отряды Верблюдок, Вислокрылок и Сетчатокрылых то сливают, то разъединяют. Сейчас господствует разъединительная тенденция. Мы используем названия только для антуража, так что нас это не касается.

В номенклатуре насекомых есть еще много подходящих для нас названий:

Веерокрылые *(Strepsiptera)*

Своеобразные двукрылые (крылья только у самцов) формы, паразитирующие на других насекомых; самки обычно живут в теле хозяина.

Двукрылые *(Diptera)*

Формы со второй парой крыльев, преобразованной в т.н. жужжальца, и колюще-сосущим или лижущим ротовым аппаратом; антенны длинные или короткие; много вредных видов, но большинство – полезные (комары, мошка, мокрецы, мухи, слепни, овода и др.).

Перепончатокрылые *(Hymenoptera)*

Формы с четырьмя крыльями (передние скреплены с задними зацепками), длинными антеннами и грызущим, лижуще-грызущим или сосущим ротовым аппаратом; много общественных и паразитических видов (пчелы, осы, наездники, пилильщики, муравьи). И т.д.

Вишковитц *(Viskovitz)*

Почему выбрана эта подеркнуто неитальянская фамилия неизвестно.

Во́ня *(церк.-сл.)*

Запах вообще, а более аромат, запах приятный.

Восемь Бессмертных *(Ба Сянь)*

В Китае особенно широко распространился культ Восьми даосских Бессмертных, среди которых была даже одна женщина; все они стали популярными героями народных легенд и анекдотов. Кстати, Восемь Бессмертных отнюдь не отличались особыми добродетелями – они дрались, порой напивались, но неизменно воплощали полную естественность – идеал даосизма.

Газель Гранта

Gazella Granti – вид антилоп восточно-африканских саванн. Внешне напоминает нашего джейрана, но рога имеют и самцы, и самки. Самки заметно крупнее самцов. Длина тела 140–175 см; высота 80–100 см; масса 35–85 кг. Очень характерна черная кайма вокруг белого «зеркала» на заду. В засушливый сезон на равнинах Серенгети можно видеть сотенные стада. В кустарниках держится значительно более мелкими группами, причем самцы и самки отдельно.

Газель Томсона

И, редко, Газель Томпсона, поскольку на английском – *Thompson's Gazelle.* Систематическое латинское название – *Gazella Thomsoni.* На равнинах Серенгети насчитывают более полумиллиона, в кратере Нгоронгоро плотность популяции не меньше (по оценке 1980 года, их, вместе с газелями Гранта, было 347 тысяч голов).

Геммула

В умеренном поясе губки (например, бадяги), к зиме отмирают, образуя большое число геммул, иначе называемых «зимние почки» – шаровидных телец (менее 1 мм в диаметре), одетых прочной защитной оболочкой. Весной геммулы прорастают в молодые губки.

Гемолимфа

Жидкость, циркулирующая в сосудах и межклеточных полостях моллюсков, насекомых и многих других беспозвоночных, имеющих незамкнутую систему кровообращения. Она выполняет те же функции, что кровь и лимфа у животных с замкнутой кровеносной системой (например, у человека): осуществляет транспорт кислорода и углекислого газа, питательных веществ и продуктов выделения.

Геомантика

До недавнего времени слово в русском языке почти неизвестное (в энциклопедиях практически не встречающееся). В Британской энциклопедии ему *(geomancy)* отведено чуть больше внимания, и оно вскользь упоминается несколько раз. Чаще всего – в связи с корейским вариантом *фен шуй – p'ungsuchirisol*.

В европейской традиции само слово «геомантика» значит «прорицание земного духа», причем имеются в виду особые, тонкие, земные энергии, связующие каждую точку земной поверхности и все прочее.

Есть даже геомантика как «геометрическое гадание» – по случайным точкам и фигурам на бумаге.

В переводах с китайского под геомантикой понимают несколько иное: гадание о свойствах земли, вернее о свойствах местности.

См. *Фен Шуй*.

Гермафродиты несовершенные *(Ermafroditi insufficienti)*

На итальянском это выражение довольно употребительно. Имеются в виду те обоеполые существа, которые не способны к самооплодотворению, экзогамные (в специфическом смысле, как противопоставление автогамным).

В английском это выражение встретилось только пару раз (один из них – про улитку *Helix*).

На русском языке нигде в имевшихся под рукой учебниках, ни в Интернете не нашлось.

Правда, *совершенным цветком*, называют гермафродитный, в котором есть и пестики, и тычинки. Поэтому выбран перевод *несовершенные*, а не *недостаточные*.

«Самодостаточный гермафродит», согласитесь, звучит странно.

Гетеротрофный образ жизни

Гетеротрофными организмами, или гетеротрофами, называют организмы, использующие для своего питания готовые органические соединения (в отличие от автотрофных организмов, способных первично синтезировать необходимые им органические вещества из неорганических соединений углерода, азота, серы и др. – например, фотосинтезирующих зеленых растений). К гетеротрофам относятся все животные и человек, а также некоторые растения (грибы, многие паразиты и сапрофиты покрытосеменных растений) и микроорганизмы.

Гибискус *(Hibiscus)*

Род растений семейства мальвовых. Вечнозеленые или листопадные деревья и кустарники, многолетние и однолетние травы. Около 250 видов, распространенных главным образом в тропических, реже в умеренных областях. Листья большей частью пальчатолопастные, цветки обычно крупные, изящные, с ярко окрашенными венчиками.

Гидролизовать полисахариды

Превратить полисахариды (например, целлюлозу оболочки растительной или бактериальной клетки) путем хитрой реакции с водой в растворимые сахара.

Глуповатая, как поэзия

«Поэзия, прости господи, должна быть глуповата», – сказал поэт.

(Знаменитая цитата из письма Вяземскому. Вторая половина мая 1826 г., Михайловское).

Говно

В Дале этого слова нет, но встречается в сказках, причем в «печатных» (точнее: *коровьи говна*).

Год Дракона

Пятый год 12-летнего цикла.

Год Змеи

Шестой год 12-летнего цикла.

Гуань Инь

Буддийская богиня (бодхисатва) милосердия, изображается сидящей на лотосе, в разных формах (11-ликой, 1000-рукой и т.п.).

Рядом с ней стоит ваза с ивовой веткой. Перед ней в молитвенной позе распластался отрок Шань-цай, а сбоку стоит девочка...

Двустворчатое

Представитель класса двустворчатых моллюсков *(Bivalvia),* например, устрица. Видимо, для улитки – образец умственной неполноценности.

Дикдик

Дик-дик или дикдик (пишут по-разному) – относится к карликовым антилопам *Neotragini*, которые близки к газелям. Исключительно изящные животные с тонкими конечностями. Высота до 35 см, масса 3–5 кг. Самки заметно крупнее самцов. Голова с короткой узкой мордочкой, заканчивающейся подвижным хоботком, огромными черными глазами и большими подвижными ушами. Рога (имеют только самцы) прямые и такие короткие, что почти не видны за хохолком из жестких волос, растущим на лбу. Задние ноги длиннее передних. Окраска красновато-бурая. Распространены в Африке к югу от Сахары. Обитают главным образом в лесах вдоль русел рек, кустарниковых зарослях, высокой траве; некоторые из дикдиков живут в скалистых местах. Держатся парами или небольшими стадами. Питаются листьями, плодами, травой. Систематики разбили эту группу антилоп на два рода: настоящих дикдиков *Madoqua* и хоботковых дикдиков *Rhynchotragus*. Наиболее широко распространен обыкновенный дикдик *(R. kirki),* часть ареала которого охватывает Кению, Танзанию и Северную Уганду.

Диатомовые звездочки

Панцири диатомовых водорослей отличаются удивительной красотой; из-за наличия у них тонкой и правильной структуры, используются в качестве тестов для проверки разрешающей способности объектов оптических микроскопов. Некоторые похожи на звезды. Иные так и называются, например, *Stephanodiscus astraea*.

Диатомовые водоросли, диатомеи (от *греч. diátomos* – разделенный пополам), кремнистые водоросли *(Bacil-*

lariophyta), отдел (тип) водорослей (около 20 тыс. видов). Микроскопические организмы (0,75–1500 мкм), одноклеточные. Их клетки имеют твердый кремневый панцирь. Он состоит из целлюлозы и пропитан кремнеземом. После смерти водоросли содержимое клетки разрушается и исчезает, кремнеземистый же остов оболочки остается без изменений. При прокаливании водоросли на слюдяной или платиновой пластинке все органическое сгорает, и также остается лишь совершенно бесцветный и прозрачный панцирь, по форме и рисунку совершенно сходный с оболочкой живой клетки.

Наиболее распространенная в природе группа водорослей, они обитают в пресных и морских водах, особенно в планктоне морей (служат пищей животных), а также в иле на дне водоемов, на водных растениях и подводных предметах, на сырой земле, камнях, во мху и т.п.

Диморфизм половой

Различия в общем облике (размерах, окраске и т.д.) самца и самки (петух и курица, самец и самка жука-оленя).

Диморфизм (от *ди...* – два. и древнегреческого, приводимого здесь в транскрипции латиницей, *morphe* – форма), наличие у одного вида организма двух форм, отличающихся по морфофизиологическим признакам, но обитающих в одной местности.

Докембрий

Древнейшие толщи земной коры и время, соответствующее их образованию и составляющее около $^6/_7$ геологической истории Земли (по представлениям 1970-х годов).

Дроля

Милый, милая. Этого слова нет в Дале, но есть в частушках.

Железы восковые

У царицы общественных пчел (матки) – единственной половозрелой самки в улье – отсутствуют; у трутней – тоже.

Жесткокрылые, отряд насекомых; то же, что жуки.

Жукотич *(Zukotic)*

Почему выбраны именно эти фамилии (*Жукотич* и *Петрович,* как я понимаю, западнославянские, а *Лопес* – испанская), я не знаю. Эта фамилия нигде в Интернете не встречается.

Заднегрудь

Задний сегмент *(metathorax)* груди насекомых. У насекомых грудь состоит из 3 сегментов – передне-, средне- и заднегруди, – на каждом из которых расположено по паре ног, у высших насекомых во взрослом состоянии на средне- и заднегруди – по паре крыльев.

Зобик медовый

У царицы общественных пчел (матки)– единственной половозрелой самки в улье – недоразвит и имеет вид небольшого узенького мешочка; у трутня – тоже.

Зоофит

Животно-растения *(Zoophyta).* В конце XIX века это слово употреблялось некоторыми зоологами как синоним кишечнополостных или целентерат *(Coelenterata),* причем губки, ныне рассматриваемые как отдельный тип, считались зоофитами. Еще раньше это было даже менее определенным, подразумевая всех «сидящих» животных.

Еще Лейбниц провозгласил принцип градации живых существ и предсказал существование переходных форм между растениями и животными. Открытие Трамбле пресноводных полипов (1744) рассматривалось как нахождение таких «зоофитов».

Ламетри выдвинул предположение о существовании зоофитов – растений-животных, впоследствии подтвержденное наукой.

Важную реформу в системе животных произвел немецкий зоолог К. Зибольд, разделивший тип лучистых Кювье на 3 типа: простейшие *(Protozoa),* зоофиты, или животно-растения *(Zoophyta),* и черви *(Vermes).* К зоофитам Зибольд отнес большинство лучистых.

Великая иллюзия

В развитом индуизме мир есть сновидение Брахмана, Великая иллюзия (Майя), и для освобождения должно отказаться от убеждения в том, что ты – самостоятельная личность, что душа не всего лишь частица Всемирного Брахмана. В соседних религиях эта идея тоже присутствует.

Имбирные

Имбирные или инбирные *(Zingiberaceae),* семейство однодольных растений. Многолетние ароматические травы с мясистым корневищем и часто с клубневидными корнями. Листья двурядные, с длинными влагалищами и язычком. Цветки обычно в соцветиях, реже одиночные, большей частью обоеполые, правильные или неправильные. Завязь нижняя. Плод – коробочка, реже – ягодовидный. Все части растений содержат эфирные масла. Около 45 родов (более 1300 видов) преимущественно в тропиках, реже – субтропиках Южной и Юго-Восточной Азии, немногие – в Африке и Америке.

Импала

Импала или пала *(Aepyceros melampus)* – крупная антилопа, самая крупная в подсемействе газелей. Длина тела 1,1–1,8 м, высота в холке 77–100 см, длина хвоста 25–40 см, весят 40–90 кг. У самцов изящные сплющенные кольчатые правильно лировидные рога длиной от 50 до 92 см, концы которых почти параллельны. Самки безроги. Слезных ямок нет. Мех на верхней стороне тела однотонный, ярко рыжий, вдоль бедра сзади тянется узкая черная полоса, низ тела и «зеркало» вокруг хвоста белые. Импалы распространены в кустарниковых саваннах и разреженных лесах Центральной и Южной Африки. В Тазании и Кении одна из наиболее многочисленных антилоп.

Держатся группами в 6–15 голов по лесистым берегам рек, реже в открытых холмистых местностях; изредка образует стада побольше. Группы импалы часто, но ненадолго, объединяются с газелями Гранта и другими животными.

Индекс формата

Характеризует соотношение высоты и длины корпуса, т.е. его растянутость. Значение равно отношению косой длины туловища к высоте в холке, выраженному в процентах, то есть умноженному на сто. У сук формат несколько более растянутый, чем у кобелей.

Ирп

Earp, Wyatt Berry Stapp (1848–1929). Американский пионер Запада, игрок, мошенник и сотрудник правоохранительных органов. В 1876 он стал первым заместителем маршала (полицмейстера) в Додж сити, тогда пограничного и беззаконного города в штате Канзас. Наведя за год относительное спокойствие в городе, он переехал в Дедвуд на территории Дакота. В 1879 он поселился в Томстоуне на территории Аризона (в этом городе знаменито кладбище *Бут-Хилл*). Там он укрепил свою репутацию стрелка, сперва как помощник шерифа графства Пайма *(Pima),* а затем как заместитель федерального маршала по всей территории Аризона. Один из его братьев, *Virgil,* был городским маршалом. Трое братьев и один их друг участвовали в знаменитой перестрелке 1881, в которой были застрелены несколько предполагаемых угонщиков скота. Город снял маршала с должности, подозревая, что это было убийство, а не борьба с бандитами. На следующий год погиб один из братьев, за что оставшиеся братья отплатили еще двоим подозреваемым. Обвиненный в убийстве Уайатт уехал в Калифорнию, где жил жалованием полицейского, игрой, золотодобычей и торговлей недвижимостью. После смерти Уайат стал легендой, героем романов-вестернов, телевизионных программ и фильмов.

Кабрировать

Кабрирование – угловое движение летательного аппарата относительно главной поперечной оси инерции с увеличением угла между продольной осью и горизонтальной плоскостью.

Камедь

Камеди, гумми – высокомолекулярные углеводы, являющиеся главным компонентом эксудатов (соков, выпотов), выделяемых растениями при механических повреждениях коры или заболеваниях. Многие бобовые богаты камедями.

Название – искажение древнегреческого, приведенного здесь латиницей, *kommedion, kymmi.*

Кантон

Портовый город Гуанчжоу на юге Китая, в 110 км от побережья Южно-Китайского моря, в дельте реки Чжуцзян (Жемчужной).

Долгое время – главные торговые ворота страны. Иностранная торговля Кантона началась очень давно: в X веке сюда периодически попадали арабы, в 1516 проникли португальцы, через столетие голландцы, в 1684 г. Ост-Индская компания основала в нем свою факторию. С 1720 года стал единственным портом Китая для ограниченной торговли иностранцев. Только в 1842 году потерял исключительность. После англо-французских войн с Китаем европейские коммерсанты в 1859 г. построили в предместье свой квартал.

За чертой китайских укреплений, при устье восточного лимана, лежит известная английская колония Гонгконг (см.), недавно возвращенная Китаю. У Боффы упоминается «старая кантонская песня». Что под этим подразумевал автор неясно. Есть две версии. Либо это просто портовая (т.е. неприличная) песня, портовые песни не отличались целомудрием и сдержанностью. Либо имеется ввиду spirituals из города Кантон в США, известного центр негритянской культуры пения псалмов.

Каннабисовый пурпур

Каннабис – индийская конопля, из которой готовят гашиш, анашу, марихуану. Конкретно *пурпур* не выявлен.

Каравайки

Plegadis falcinellus – вид птиц семейства ибисов отряда голенастых. Длина до 60 см; длина крыла в среднем 55 см; весит 560–780 г. Ноги, шея и клюв длинные (клюв – до 14 см). Окраска красновато-коричневая с металлическим блеском. Похожа на большого кроншнепа, но темнее, а когда летит, заметно, что крылья тупые. Распространена в Южной Европе, Южной и Юго-Восточной Азии, Австралии, Африке, Северной и Южной Америке; в СССР (энциклопедия – 1970-х годов) на юге Европейской части, в Казахстане и Средней Азии. Гнездится в камышах и на деревьях, часто вместе с цаплями и бакланами. В кладке 3–4 яйца; насиживание 3 недели. Кормится мелкими беспозвоночными, добывая их на мелководье в илистом грунте.

Ареал прерывист. Включает, кроме Восточной Африки от Капской провинции к северу до Кении и предположительно до южного Судана, кусок Северо-Западной Африки (где, в частности, зимуют каравайки из дельты Днестра и Днепра, а также Восточного Приазовья), юг Северной Америки, юг Европы, Ирак, Индию.

Карамба

Испанское (латиноамериканское) восклицание.

Культурно передается на русском как «Черт побери!» или (в переводе рассказов О'Генри), как «Проклятие!».

Карапакс

Верхняя часть панциря черепахи, головогрудный щит ракообразных (и в русском, и в итальянском языках). К насекомым это слово применяют редко. В Британской энциклопедии говориться, что у *арахнид* просома со спины имеет крепкое прикрытие – *carapace*.

Карма

Слово нынче общеизвестное.

Одно из центральных понятий индийской философии, дополняющее учение о перевоплощении. Появляется уже в ведах и в дальнейшем входит почти во все индийские религиозно-философские системы, является существенной частью индуизма, буддизма и джайнизма. В широком смысле карма – это общая сумма совершенных всяким живым существом поступков и их последствий, которые определяют характер его нового рождения, т. е. дальнейшего существования. В узком смысле, кармой называют вообще влияние совершенных действий на характер настоящего и последующего существования. В обоих случаях К. предстает как невидимая сила, причем лишь общий принцип её действия полагается ясным, внутренний же механизм её остается совершенно скрытым. Карма определяет не только благоприятные или неблагоприятные условия существования (здоровье – болезнь, богатство – бедность, счастье – несчастье, а также пол, срок жизни, социальный статус индивида и т.д.), но в конечном счете – прогресс или регресс по отношению к главной цели человека – освобождению от пут «профанического» существования и подчинения законам причинно-следственных связей. В отличие от понятия судьбы или рока, существенным для понятия кармы является его этическая окрашенность, поскольку обусловленность настоящего и будущего существования имеет характер возмездия или воздаяния за совершенные поступки (а не воздействия неотвратимых божественных или космических сил).

На санскрите это слово означает: деяние, действие, плод действия.

Кассипурея

Род растений *Cassipourea* семейства Ризофоровых (*Rhizophoraceae*).

В районе Нгоронгоро преобладает *Cassipourea malosana* или, на английском, *Pillarwood (Столбовое дерево)*. В Танзании его зовут *Ndiri*, *Msengera*, *Funzare*, а в Кении – *Musaisi*. Это высокогорное дерево (растет на высотах от 1 800 до 2 700 м над уровнем моря), распространенное в Уганде, Танзании, Кении, а также в Эфиопии и Сомали. Обычная высота около 30 м (высота ствола 15–20 м); диаметр ствола от 30 до 60 см. Древесина довольно ценная, но для Африки важно то, что она не стойка к термитам.

Впрочем, то же английское название имеет и *Cassipourea elliotii*, из стволов которой сложены *Lodges* в заповеднике Нгоронгоро.

Касты (у общественных насекомых: муравьев, пчел, термитов ...)

Слово *каста* переносит на насекомых понятие человеческих обществ.

Указанное слово идет от португальского *casta*, выражающего понятие санскритского термина (переданного здесь латиницей) *jâtu* = рождение, род, сословие.

Каулифлора *(Cauliflora)*

Это весьма обычное видовое название (примерный перевод: *настеблецветная*).

Скорее всего, речь идет виде о *Cynometra cauliflora L.*, из Юго-Восточной Азии, но интродуцированном в Танзанию. В тех же краях растет еще 8 видов цинометры, так что применение в обиходе видового названия вместо обычного для деревьев родового выглядит оправданным.

Каулифлора (на русском изредка упоминается как *намнам*) – вечнозеленое фруктовое деревце высотой до 5 м, с плотной кроной. Молодые листочки ярко-розовы. Стручки мясистые, похожие на почки животных. Длина стручка 5–10 см. Мякоть кисловатая, семя – единственное.

Дерево дает несколько урожаев в год. Растет медленно. Размножается семенами.

Род относится к трибе (весьма сомнительный таксон) *Detarieae* (ранее включался в таксон *Amherstieae*), подсемейству цезальпиниевых *(Caesalpinioideae)* семейства бобовых порядка бобовых класса двудольных

Древесина весьма тяжелая (900 кг/м^3), обычно влажностью 15%.

Кви Гонг (*Qui Gong)*

По Палладию *Gong* транслитерируется как *Гун*, а *Qui* в системе *pinyin* передачи иероглифов латиницей вообще нет.

Тем не менее, по-русски термин употребляется именно в такой форме, *Кви Гонг.*

Это система гимнастики, вроде йоги – в том смысле, что физкультура с философскими обертонами. Включает ряд мягких, не требующих больших усилий, движений, улучшающих течение жизненной силы ци *(qi)*, способствующих целящему обмену энергией с природой. Китайцы верят, что *Кви Гонг* лечит и вообще улучшает самочувствие. Считается, что этой системе целительства – тысячи лет.

Встречается вариант транскрипции Ку Гонг. Есть и варианты боевых искусств *Ки Гонга* (все того же *Qui Gong*).

Кегля *(Birillo)*

В Италии – это весьма обычная кличка собак и кошек, причем, как не странно, не имеющая отношения к фасону стрижки. Это же и прозвище – не очень распространенное – людей. Это и христианское имя (от финикийского «живущий близ колодцев»). Так звали пару епископов, один из которых признан святым.

Наконец, это имя для анекдотов, очень схожее с нашим «Вовочкой», хотя и без намека на В.И.Ленина.

Клювачи

Ибисы *(Ibis)* – род птиц отряда голенастых (аистовых). Крупные птицы, похожие на аистов, но отличающиеся более массивным, выпуклым и слегка загнутым вниз округленным клювом и голой головой. 2-е и 3-е маховые перья самые длинные, хвост прямой. Похожи на аистов и по образу жизни. В Центральной и Южной Африке обитает – *I. Ibis* (ранее *Tantalus ibis*). Африканский клювач белого цвета с розовым налетом на спине; кроющие крыла и плечевые перья с розово-красным или пурпурным пятном перед кончиком, маховые и рулевые перья блестящего зелено-черного цвета; клюв желтый; лицо и ноги красные; длина равна 90-100 см.

Очень осторожные птицы; мясо их вкусно.

Коацерват

Очень вязкая фаза, содержащая смесь коллоидных частиц, выделившихся из смеси коллоидных растворов противоположного заряда. Он часто разделяется на квазижидкие капли. См. Дж. Бернала, «Происхождение жизни». М., «Мир», 1969). По идее А.И. Опарина (которую Бернал не разделяет) отбор таких коацерватных капель и породил жизнь. Кстати, сам Опарин этого термина в своей основополагающей работе 1924-го года, кажется, не употребляет, говоря о «студенистых кусках».

Коацервация (от *лат. coacervatio* – собирание в кучу, накопление), возникновение в растворе высокомолекулярного соединения капель, обогащенных растворённым веществом. Слияние коацерватных капель, которому может предшествовать их объединение в рыхлые хлопьевидные агрегаты, при благоприятных условиях приводит к разделению системы на два жидких слоя с четкой поверхностью раздела между ними: слой равновесной жидкости с малым содержанием высокомолекулярного соединения и слой повышенной концентрации, или коацерватный слой. Обогащенная полимером фаза (в капельной форме или в виде слоя) называется коацерватом. Наиболее типичны и хорошо изучены процессы коацервации в водных растворах белков и полисахаридов.

Колеоптер

Жук (на зоологической латыни).

Слово, редко употребляемое в написании кириллицей, разве что как название типа аппарата вертикального взлета (в «Технике–молодежи» 1960-х или 1970-х годов).

Колесо самсары

Самсара – круговорот бытия, перевоплощение – жизнь сменяется смертью, смерть сменяется жизнью. В словаре йоги и веданты это слово переводится *как жизнь через повторные рождения и смерти; процесс мирской жизни*.

На санскрите (в русской транслитерации) *колесо самсары* пишется *самсарачакра*. В словаре йоги и веданты это переводится как *колесо рождения и смерти*.

Коллетес *(Colletidi)*

Одиночные пчелы.

Колпицы

Вид птиц (*Platalea leucorodia*) семейства ибисов отряда голенастых. Длина тела около 80 см, весит около 1,5 кг. Клюв плоский на вершине лопатообразно расширенный. Оперение белое, лишь нижняя часть горла желтоватая, клюв черный с буроватым концом, ноги черные, окружность глаз и голое горло зеленовато-желтые. У старых самцов на затылке хохол из длинных желтоватых перьев. Распространена в Европе (Голландия, дунайские низменности, Азии и Северо-Восточной Африке; в бывшем СССР на юге: от низовья Дуная до Приморья. Перелетная птица. Зимует в Африке – на юге и в тропиках – и Южной Азии. Селится колониями, обычно в устьях рек, заросших тростником. Гнезда устраивает на согнутых стеблях тростника, реже – на деревьях.

 Конга

Старинная песенно-танцевальная форма афро-кубинской музыки.

Копи Мору *(Kopje di Moru)*

Очень известный гранитный холмик, островок *Moru Kopjes* в юго-западном конце равнины Серенгети. Такие древние формы выветривания имеют округлую форму, из-за чего и зовутся на голландском (африкаанс) *kopje*, *головки*. В них находят убежище многочисленные животные. На островке Мору туристам показывают масайские росписи.

Коржибский

Единственный знаменитый человек, упоминаемый в русском Интернете, – граф Альфред Коржибский, «создатель общей семантики».

Ктенидий

Ктенидии – первичные жабры моллюсков. Каждый ктенидий – двуперистый вырост в мантийной полости, состоящий из осевой пластинки, от плоских сторон которой отходят многочисленные лепестки, покрытые мерцательным эпителием. Вдоль одной узкой стороны пластинки проходит кровеносный сосуд, приносящий венозную кровь, вдоль противоположной – выносящий окисленную артериальную кровь. У брюхоногих моллюсков 1 пара, иногда даже – у водных – непарный ктенидий.

У улиток с глазами на щупальцах ктенидиев нет.

Куку *(Cucú)*

В итальянском языке *сделать куку* означает *наставить рога.*

Кроме того, о человеке говорят, что он *куку*, как у нас: *из ума выжил.* Беда в том, что в словарях (во всяком случае, распространенных) это не отмечено. Отмечен только детский крик при игре в прятки (и что так вообще дразнятся; это же во французском).

Правда, в английском толковом словаре есть *cuckold* – муж неверной жены; причем это слово, хотя и древнее в английском, но пришло туда из французского, а во французский – из латыни; есть и производный от него переходный глагол: *to cuckold.*

Во французском отмечено в словаре разговорное *cucul* (не связанное по происхождению с кукушкой): странноватый, смешной.

Куду

Винторогие антилопы (*Tragelaphus strepsiceros* или, по другой номенклатуре, *Strepsiceros kudu*), крупнее благородного оленя. Длина тела самца достигает 2,45 метров длины; высота в холке до 1,5 м; длина хвоста до 50 см; весят они до 300 кг. Самки значительно меньше. По телосложению куду напоминает оленя. Основной цвет короткой и жесткой, прилегающей шерсти рыжеватый буро-серый. Копыта коротки. Туловище разрисовано белыми вертикальными полосами, которые спускаются на бока от срединной спинной полосы того же цвета. Вдоль спины и задней стороны шеи оторочка более длинных волос. У самцов сверх того вдоль брюшной стороны шеи такая же оторочка вроде бороды и между глазами белое пятно в форме полумесяца, обращенного выпуклостью вниз.

Самцы отличаются большими закрученными в виде свободной широкой спирали сплюснутыми рогами, образующими два оборота. От основания рогов спереди начинается острый киль, который следует за оборотами и теряется у вершины их. Рога достигают длины 90—105 см по прямой линии (до 1,5 м вдоль рога), а расстояние между их концами до 80 см. Самки безроги.

Водится в Африке от южной оконечности и до реки Замбези. Живет преимущественно в горных местностях, поднимаясь но выше 2000 метров над уровнем моря, но встречается также и в низменностях. Держится густых зарослей кустарников.

Курочка водяная

Водяные курочки (*Gallinula*), род птиц семейства пастушковых отряда журавлеобразных; то же, что камышницы.

В Европе живет только *В. курочка зеленоногая* (*G. chloropus*); чуть меньше галки, длина тела около 35 см, масса около 150 г. Крылья короткие, тупые; хвост короткий, округленный. Ноги длинные, пальцы длинные, с широкими, плоскими подошвами. Клюв короткий прямой конусообразный с мелкозубчатыми краями и с голою мозолью у основания; ноздри щелевидные. Спина буровато оливковая, брюхо серое, на боках тела белые продольные пестрины, голова черная, лобная мозоль красная, клюв красный с желтой вершиной, ноги зеленые. Населяют пресноводные, заросшие травянистой и древесной растительностью водоемы; гнезда – среди воды на стеблях камыша или кустарника. Летают мало и неохотно. Перелетные птицы (на пролете летит быстро и далеко), лишь местами зимуют.

Курочка траурная *(Pavoncella lugubra)*

Какой-то неизвестный науки вид птиц. Возможно, изобретен автором.

Лара

Почему выбрано это имя, неизвестно. Все, что сумел придумать, от божков-ларов.

А может, из фильма «Доктор Живаго»?

Лимфа

Жидкость, циркулирующая в лимфатической системе позвоночных животных и человека. В тексте – вместо более длинного *гемолимфа.*

Название – транслитерация латинского *lympha* – чистая вода, влага.

Лопес *(Lopez)*

Почему выбраны именно эти фамилии (*Жукотич* и *Петрович,* как я понимаю, западнославянские, а *Лопес* – испанская), я не знаю.

Если две славянские фамилии в энциклопедиях и в Интернете – редкость, то с Лопесом трудность обратная – таких очень много, включая какую-то гольфистку и игрока, кажется, в американский футбол.

Люба

Это не выдумка переводчика. Такое имя (даже написание которого в итальянском языке затруднительно) стоит в тексте. Надо полагать, что А.Боффа, родившийся в Москве, и отец которого – специалист по СССР, хоть сколько-нибудь знает русский.

Makati (так в книге; часто употребляется написание *Magadi*) – озеро в кратере Нгоронгоро, официально на высоте 1 722 м над уровнем моря. На самом деле, уровень воды меняется по сезонам, и изредка в нем вообще не остается воды, только трещиноватая корка соды. В озер впадает река Мунге *(Munge)*. На озере кормится много пеликанов и ржанок, но больше всего фламинго. На берегах, естественно, много животных: зебры, гиены, львы...

Мамба

Темпераментный, зажигательный, упоительной карибский танец с тазобедренными телодвижениями. «Горячий танец мамбу могу станцевать прямо на столике моего любимого ночного клуба.». Говорят, многие полюбили его по фильму «Грязные танцы».

Мамба

Род *Dendroaspis* ядовитых змей семейства аспидов. 4 вида, распространены в Африке (к югу от Сахары). Длина тела 2–4 м. Окраска зеленая, иногда с темными пятнами (за исключением *чёрной М. – D. polylepis*). Как правило, обитают на деревьях, встречаются в кустарниках и на земле. Иногда заползают в селения и на обрабатываемые земли. Размножаются откладкой яиц. Питаются птицами, ящерицами и грызунами. Мелкие животные погибают от укуса мамбы через несколько секунд; известны многочисленные случаи гибели человека.

Мандала

Практика мистики предполагает ту или иную систему психофизических упражнений, обычно включающую гипнотическое сосредоточение ума на простейших фигурах (например «мандалы» в индийской традиции).

Слово имеет и несколько иной смысл: Ригведа включает 1028 гимнов, составляющих 10 книг, или циклов (мандала).

На санскрите слово означает область, сферу или план.

Мандузи (Mandusi)

Топь, болотистая зона, образуемая течением реки Мунге *(Munge)* на ее пути в озеро Макати.

Мантия улитки

Складка кожи, ограничивающая снаружи переднюю часть внутренностного мешка животного. Между телом и мантией находится сообщающаяся с наружной средой мантийная полость, в которую открываются почки, половые железы, задняя кишка; в ней помещаются ктенидии, сердце и осфрадии. У некоторых брюхоногих моллюсков (подкласс *Pulmonata – легочные*) образуется полость мантии, в стенках которой разветвляются кровеносные сосуды, – своеобразное «легкое». Самая известная из относящихся к ним улиток – виноградная.

Мантра

Ведийская молитвенная формула или заклинание – священный слог, слово или ряд слов, повторением которых стремятся достигнуть совершенства или реализации Я.

Гипнотическое сосредоточение ума на мантрах входит в систему психофизических упражнений индийской (и находящихся под ее влиянием) мистики.

Обыкновенно состоит из имени какого-нибудь божества и короткого обращения к нему и делятся на разные категории: воззвания, вызывания, пагубные, благотворные и т.д. При помощи их считают возможным достигать разных благ, изгонять злых духов, внушать любовь или ненависть, излечивать и насылать болезни, причинять или предотвращать смерть известного лица и т.д. Некоторые обладают такой силой, что могут даже принудить богов к повиновению.

Одна из простейших мантр – «трехбуквенная» (приводятся в передаче латиницей) aum, или Ом (вроде «Аминь»). М. шиваитов состоят из пяти слогов, означающих пять основных стихий: *na, ma, si, va, yi.*

Масаи-Мара *(Masai Mara)*

Заповедник в Кении, северная часть равнины Серенгети. Основан в 1948 г. Площадь заповедника 1510 км², расположен на высоте 1650 м в 270 км от Найроби. Климат здесь мягкий и теплый. Грандиозные пейзажи заповедника захватывают дух. По территории протекают две реки: Мара и Талек, вдоль которых растут акациевые леса. На севере и на востоке начинаются предгорья, там встречаются колючий кустарник и низкорослые деревья. По богатству фауны с Масаи-Мара могут сравниться только Серенгети и Нгоронгоро. В заповеднике обитает около 80 видов млекопитающих и 450 видов птиц. Животный мир: львы, леопарды, буйволы, носороги, слоны, антилопы, гепарды, гиены, шакалы, газели, жирафы, импала, бегемоты, крокодилы, водяные козлы. Во время великой миграции, которая происходит в период с августа по сентябрь, по Масаи-Мара перемещается более 200 тысяч зебр, около 500 тысяч газелей Томсона, 1,3 миллионов антилоп гну.

На языке масаи *мара* означает *пятнистый*.

Масва *(Maswa)*

Заповедник (парк) в Танзании, к югу от Серенгети. Составляет часть экосистемы Серенгети. В Масва располагается Центр исследования львов.

Мезенхима

Зародышевая соединительная ткань большинства многоклеточных животных. Иногда мезенхимой называются также малодифференцированные соединительнотканные клетки (фибробласты, ретикулярные клетки), имеющиеся в организме животных и человека в послезародышевый период их жизни.

Название образовано от *мезо...* и древне греческого. (приводится в записи латиницей) *énchyma* – налитое, наполняющее; здесь – ткань).

Мезоторакс

То же, что *среднегрудь*, только кириллицей на латыни.

Мейоз

Редукционное деление, деления созревания, способ деления клеток, в результате которого происходит уменьшение (редукция) числа хромосом в два раза и одна диплоидная клетка (содержащая два набора хромосом) после двух быстро следующих друг за другом делений дает начало 4 гаплоидным (содержащим по одному набору хромосом). Восстановление диплоидного числа хромосом происходит в результате оплодотворения. Мейоз – обязательное звено полового процесса и условие формирования половых клеток (гамет). Биологическое значение мейоза заключается в поддержании постоянства кариотипа в ряду поколений организмов данного вида и обеспечении возможности рекомбинации хромосом и генов при половом процессе. Мейоз – один из ключевых механизмов наследственности и наследственной изменчивости.

Название образовано от древнегреческого (приводится в записи латиницей) *méiosis* – уменьшение.

Меренге

Быстрый латиноамериканский танец, песенно-танцевальная форм, направление латиноамериканской музыки, один из популярных в наше время в странах Карибского региона ритмов. Как всегда, превратившись из фольклора со столетней историей в коммерческое действо, песни сменили тексты, а исполнители – манеру.

Смешивая африканские и латиноамериканские традиции, меренге не похож на другие карибские ритмы. Он легок и весел. Для исполнения этой музыки нужно не менее четырех инструментов: тамбор, гуира (ударные), горн и саксофон (духовые), певец и хор, в котором обычно участвуют от двух до пяти человек. Карибские голоса отличаются высотой тона, иногда трудно угадать, кто поет – мужчина или женщина.

Танец и тексты песен считались простонародными и вульгарными, пока Трухильо в 1930-м году не использовал их в своей избирательной компании.

Метаморфоз

Это не овидиевое мифическое превращение, а переход насекомого из одной стадии в другую; самый известный пример – превращение куколки в бабочку.

Метасома

У скорпиона метасома, задний отдел брюшка, это последний сегмент видимого «туловища» и «хвост», кроме самого конца. Так что первый сегмент метасомы – самый конец туловища.

Микоплазма

Микоплазмы *(Mycoplasmatales)* – очень мелкие микроорганизмы, отличающиеся от истинных бактерий отсутствием клеточной стенки. Как правило, неподвижны.

Мирмидонский

Муравьиный. Мирмидоняне – ахейское племя. У Гомера они под начальством Ахиллеса стоят под Троей и во время схваток являются отважными и смелыми воителями. Имя получили от Мирмидона, сына Зевса и Эвримедузы, обманутой «царем богов и людей» в образе муравья. Есть другой миф: однажды все население одного острова погибло от моровой язвы, и Зевс превратил муравьев *(мэсмзо)* в людей; эти люди и получили имя мирмидонян.

Можжевельник скрученный (*Ginepro contorto*)

Такой вид нашелся, но не в Африке. Он растет в Китае, Монголии, Японии, и у нас (в частности, на Сахалине). Его систематическое название *Juniperus chinensis (Torulosa).*

Так что в тексте употреблено не систематическое название, а постоянный (в итальянском языке) эпитет. Добавим, что в XVIII веке этот вид был ввезен в Америку, и на английском он называется «*Hollywood twisted juniper*». Нет ли здесь намека на кинопромышленность? В пользу этого говорит и то, что обычный в Кении можжевельник *Juniperus procera* называют *кедром.*

Морфология

Учение о строении, не только в грамматике, но и в биологии.

Морфология животных – учение о форме и строении животных организмов в их индивидуальном *(онтогенез)* и историческом, или эволюционном *(филогенез),* развитии. К этому учению относятся: анатомия, сравнительная анатомия животных, гистология, цитология, эмбриология. Морфологическими методами исследования широко пользуются и в других биологических дисциплинах – зоологии, палеонтологии и т.д.

Морфотип

Очень часто употребляемое слово (не только в биологии, селекционном деле и медицине, но и в кристаллографии, геологии, даже в теории градостроительства). Тем не менее, скажем, в указателе к Международному кодексу ботанической номенклатуры не упоминается. Определения не встречаются, только вскользь, например «жизненная форма». Видимо, его также сложно определить, как слово «форма». В биологии оно примерно эквивалентно слову «фенотип», но два организма различаются по фенотипу, не различаясь по морфотипу; когда у них разные биохимические и поведенческие реакции. Так что морфотип выделяется по тому, что видно в статике. Некоторое исключение – для микроорганизмов классификация по морфотипу может зависеть от того, какими красителями они окрашиваются, но это ведь тоже видимость. Морфотип – это нетаксономический ранг.

Мохаве

Пустыня на юго-западе США, в южной части штата Калифорния. Площадь около 30 тыс. км^2, включает Долину Смерти. Поверхность – чередование хребтов высотой до 3366 м и котловин с континентальными наносами. Климат резко континентальный, с жарким летом. Осадков 45–150 мм в год. Поверхностный сток нерегулярный. Имеется ряд небольших солёных озер. Растительность – суккуленты (главным образом юкки, кактусы) и кустарники. На английском – *Mohave.*

Мочка носа

Тот кусочек голой кожи, в котором расположены ноздри собаки или кошки.

Муладхара

Один из тех важнейших нервных центров согласно учению йогов, которые считают, что вдоль спинного мозга расположен ряд шести центров, начиная с базового, самого нижнего – муладхары и кончая сахасрарой, тысячелепестковым лотосом, раскрывающимся в мозгу.

После периода глубокой сосредоточенности, или медитации, на внешних объектах часть тела, где расположена муладхара, разогревается.

Муреин

Вещество, гликопептид, образующий опорный каркасом клеточной стенки у прокариот, в частности, входящий в состав стенки бактерий.

В составе муреина бактериальных клеточных стенок присутствуют L- и D-формы аланина (аминопропионовой кислоты).

Мяо *(Miaw)*

Конфуцианский храм (видимо, *tiao,* что по Палладию передается как *мяо*). В такой форме упоминание встречается в Интернете. Может быть, Боффа специально сделал название храма чуть менее похожим на кошачий звук (в итальянском *tiao*) и более «английским»; в русском несоответствие с *мяу* предусмотрено уже Палладием.

Мяо

Народ, живущий главным образом в Южном Китае (Хунань, Гуйчжоу, Гуанси-Чжуанский автономный район, Сычуань, Юньнань) пятью изолированными группами, каждая из которых имеет свое самоназвание *(гусу, му, монг, амои, гамэ),* частично – в странах Юго-Восточной Азии (Вьетнам, Лаос, Таиланд, Бирма – или как она теперь называется), где они называются *мео.* Общая численность около 4 млн чел. (1970, оценка). Говорят на языке группы мяо-яо. По религии – шаманисты. Основное занятие – земледелие (заливной рис, кукуруза, гречиха); разводят тягловый скот (буйволов). *Мяо* славятся своими песнями и танцами, ювелирным искусством и вышивками.

Нааби-Хилл *(Naabi Hill)*

Поселок на границе Серенгети; наиболее удобный пункт для автомобильной поездки из Серенгети в Нгоронгоро. Отсюда хорошо видна равнина. Для людей здесь есть информационный центр.

Наснил

Это выдуманное русское слово довольно точная калька итальянского *ho sognato* – нагрезил. Дело в том, что *грезить* в русском не относится к нейтральной лексике; это что-то архаичное, поэтическое и т.п.

Нгоронгоро

Кратер потухшего вулкана, кальдера, на Нагорье гигантских кратеров. Самая крупная на Земле из неразрушившихся кальдер.

Эллипс, достигает длины 21 или 22 км по оси восток-запад, и 18 км с севера на юг. На самом дне, на высоте 1 722 мм над уровнем моря – озеро Макати, в которое впадает река. К северо-востоку уровень повышается до 1830 м. Высота (над уровнем моря) кольцевого гребня колеблется от 2 280 до 2 440 м. Над дном кратера гребень вздымается почти отвесно на 600 м. Внутри – действующие вулканы, озеро, река, болота. В растительности преобладают саванны. В кальдере Нгоронгоро – заповедник (национальный парк) с богатой фауной крупных млекопитающих.

Нагорье находиться в Восточной Африке, на севере Танзании, в области окончания Восточной (Кенийской) рифтовой зоны Восточной Африки, между озерами Натрон на северо-востоке, Маньяра на юго-востоке и Эяси на юго-западе.

Ндуту *(Ndutu)*

Озеро в Серенгети.

Некрофаг

Трупоед – животное, питающееся остатками умерших организмов; например, из насекомых – ряд видов мух и жуков, из птиц – некоторые грифы, из млекопитающих – койот.

Нирвана

Слово нынче общеизвестное.

Центральное понятие буддизма и джайнизма, означающее высшее состояние, конечную цель. Описывается прежде всего негативно: непостижимое, невыразимое, отрешенность от внешнего, отсутствие стремлений, пустота; зато внутренняя полнота и абсолютное бытие, совершенство, удовлетворенность, и самодостаточность. Идеал – отсутствие мыслей о счастье и несчастье, добра и зла. Единственно вычленимое ощущение: несвязанности, независимости, пассивной свободы. Вульгарные тексты трактуют нирвану как блаженство. В джайнизме подчеркивается освобождение от бесконечной игры рождений и смертей (см. *Танец Шивы*). В индуизме подчеркивается освобождение от неведения и конец привязанности.

Особенность концепции, отличающая ее от западных, несвязанность с идеей трансцендентного (бога, добра) и утверждение постулата божественности человека.

На санскрите *нирвана* буквально значит: *угасание, затухание, прекращение.*

Нога улитки

Мускулистый непарный орган движения на брюшной стороне тела моллюска.

Ногохвостки

Подуры *(Collembola),* отряд мелких первичнобескрылых насекомых.

Многие систематики выделяют их в особый класс. Первичнобескрылые формы, обычно с напоминающим хвост прыгательным придатком.

Размеры 0,2–2 мм (реже 5–10 мм). Различают почвенные формы ногохвосток с непигментированными покровами, гомономно расчлененным брюшком, без глаз, без прыгательной вилки (например, *Tullbergia*); полупочвенные – со слаборазвитой вилкой (например, Isotoma); обитающие в подстилке, с сильной вилкой и развитыми глазами (например, *Tomocerus);* обитающие на растениях, с развитой вилкой, развитыми глазами, слитным телом и с трахеями (например, *Sminthurus).* Ногохвостки широко распространены в лесах, степях и на лугах: до сотен тыс. на 1 м^2. Большинство ногохвосток – сапрофаги или питаются грибным мицелием, есть хищники и трупоеды.

[176] Нуксия *(Nuxia)*

Род растений семейства логаниевых (*Loganiaceae* или *Buddlejaceae*) порядка Горечавковые *(Gentianales,* ранее – *Скрученные, Contortae)* подкласса спайнолепестных (сростнолепестных; в большинстве современных филогенетичиских систем этот подкласс не выделяют) двудольных цветковых растений.

Из нуксий наиболее распространена в кратере Нгоронгоро *N. floribunda* (обильноцветная). Ее тривиальные названия – *kite tree* (*коршуновое дерево*) и *forest elder (лесная бузина);* на африкаанс – *bosvlier*. Высота от 3 до 10 метров. Чешуйчатая кора сероватая или коричневая. Листья светло-зеленые, блестящие, копьевидные, длиной от 4 до 16 см, а шириной от 1,5 до 7 см. Посредине листа хорошо различима жилка. При том, что лист цельный, край его часто волнообразный, а иногда мелкозубчатый. Обычно листья располагаются мутовками по трое, иногда супротивно. Трубчатые мелкие (3 мм длиной) цветы с торчащей тычинкой очень душисты; они собраны в 20-сантиметровые пенистые бело-кремовые массы на концах ветвей, которые большую часть зимы (июль, август) охватывают все дерево. Гладкий овальный плод диаметром около 4 мм с остатками чашечки содержит многочислснные семена. Средне морозоустойчивое (по африканским понятиям) вечнозеленое растение; предпочитает умеренный климат, богатые почвы, солнце или полутень, и обилие влаги. Лесное дерево, встречается и на опушках. Растет быстро (1 м в год).

Бледно-желтая твердая древесина когда-то шла на постройку фургонов.

Части этого дерева традиционно используются зулусами как укрепляющее лекарство после смерти члена племени.

Олдувай

Олдовай, Олдовэй (*Oldoway, Olduvai* – в тексте эта форма) – ущелье близ *Нагорья гигантских кратеров*, западнее Нгоронгоро, в 36 км к северо-востоку от озера Эяси.

Получило известность благодаря находкам остатков доисторического человека.

Онтогенез

Индивидуальное развитие организма, совокупность последовательных морфологических, физиологических и биохимических преобразований, претерпеваемых организмом от момента его зарождения до конца жизни. Онтогенез включает рост, т. е. увеличение массы тела, его размеров, дифференцировку. Термин введен Э. Геккелем (1866) при формулировании им биогенетического закона.

Слово образовано от древнегреческого (приводится в написании латиницей): *yn,* род. падеж *yntos* – сущее и...*генез.*

Ориксы

Вид *Oryx gazella* рода Сернобыков (*Oryx*) подсемейства саблерогих или лошадиных антилоп (*Hippotraginae*). Высота в холке 120–140 см, весят до 200 кг. Стройные высоконогие животные. Самцы и самки имеют длинные (иногда до 120 см) прямые или слегка дугообразные рога (круглые в сечении) с острыми концами, служащие орудием защиты. У самцов рога массивнее, но могут быть короче, чем у самок. Окраска чаще желтовато- серовато-песчаная, иногда более светлая, беловатая или рыжеватая. Резко обозначены тёмные отметинами: верхняя часть ног и полоса, проходящая вдоль бока, черные; иногда черная, расширяющаяся у хвоста полоса тянется и вдоль хвоста. Голова и морда кажутся пестрыми из-за сложного чередования белых и черных полос. Имеет несколько участков ареала, среди которых есть захватывающий Кению и Танзанию. В частности, водится в заповеднике Нгоронгоро. Сухолюбивые животные. Живут небольшими группами, питаются пустынными травами и кустарниками. Держатся группами в 6-12 животных, иногда стадами до 40 особей. Старые самцы часто держатся особняком. Известны случаи, когда своими рогами ориксы убивали львов.

Освобождение

В буддизме, видимо, главная догма: существует страдание и освобождение от страдания.

Необходимо освобождение от пут профанического, «земного», существования.

Смерть не кара и не освобождение, а переход к новой жизни и новым страданиям.

Освобождение (на санскрите *мокша*) – разбивает оковы *кармы*, снимает с колеса рождений и смертей, дает переживать Абсолют.

Цель неотделима от средства, поэтому освобождение есть, прежде всего, верность пути, «правильное поведение» и «правильное знание».

Основное практическое средство освобождения – йога.

Состояние полной отрешенности от внешнего и самоуглубленности есть освобождение, или *нирвана*.

Оскулум

Тело типичной губки имеет вид бокала или цилиндра, прикрепленного основанием к субстрату; на свободном конце помещается широкое отверстие – устье (оскулум, *osculum*), сообщающееся с полостью, находящейся внутри губки.

Число оскулумов не всегда соответствует числу особей в колонии губок, у которых самое понятие об особи не имеет определенного значения.

Осфрадий

Рецепторный орган моллюсков, образованный специализированным чувствительным эпителием. Хорошо развит у некоторых брюхоногих моллюсков, у которых, по-видимому, играет роль обоняния органа. Расположен в мантийной полости при основании жабр (ктенидиев). Осфрадию также приписывают функцию осмо- и механорецепции.

Слово это из латыни нового времени – *osphradium*, от древнегреческого (приведенного в написании латиницей) *osphráinomai* – нюхаю, обоняю.

С переходом к наземному образу жизни осфрадий исчезает, а равно он исчезает вообще при атрофии соответствующей жабры; даже у водных легочных улиток он развит слабо. Так что подобрать вид, живущий в огороде, с глазами на щупальцах и с осфрадием, не удалось.

Пальпы

Щупальца или щупики – членистые придатки приротовых частей членистоногих, в частности, насекомых могут сидеть на первой и второй паре максилл *(palpus maxillaris)*, а так как вторая пара максилл образует у насекомых нижнюю губу, то они получают название губных *(p. labialis)*. Играют, главным образом, осязательную роль (как усики-вибриссы у крыс).

Слово *пальпы* – записанный кириллицей термин зоологической латыни, *palpi*.

Пасо добле

Стремительный латиноамериканский танец, иначе называемый по-русски *пасодобле* или *пасодобль*.

На корриде под маршевые звуки *paso doble* на арену выходят матадоры.

Педипальпы

Максиллы – вторая пара членистых конечностей головогруди (околоротовых придатков) у скорпионов и других паукообразных. Состоит обыкновенно из основной части *(pars basalis)* и щупальцевидного придатка *(pars palpalis)*.У скорпионов основный членик служит для пережёвывания пищи, остальная часть педипальпы не похожа на щупальце, и заканчивается клешнёй.

Составное слово из латинских корней: pes, родительный падеж *pedis* – нога и *palpus* – щупальце.

Перга

Хлебина, обножка – цветочная пыльца растений, собранная пчелами, уложенная и утрамбованная в ячейки сотов и залитая ими медом. Верхний слой пыльцы, пропитанный медом, не пропускает воздуха. В анаэробных условиях под действием ферментов, бактерий и дрожжевых грибов в ячейках возрастает содержание молочной кислоты, которая консервирует смесь пыльцы с медом и превращает ее в пергу. Перга – ценный белково-углеводистый корм для пчел. Особенно много ее пчелы расходуют весной в период роста пчелиной семьи.

Переднегрудь

Сегмент насекомого, следующий сразу за головой; сочленяется спереди с головой, а сзади со *среднегрудью*; несет на брюшной стороне передние ноги.

Развита бывает особенно сильно у тех насекомых, которые летают сравнительно слабо, например, у жуков.

На зоологической латыни называется *prothorax.*

Периплазма

Периферическая часть плазматического содержимого оогония и антеридия у пероноспоровых грибов, не принимающая участия в образовании половых клеток. У папоротников периплазма – слизистая плазматическая масса, окружающая споры в спорангии. У Боффы употреблено просто в смысле «околоплазма».

Петрович *(Petrovic)*

Почему выбраны именно эти фамилии *(Жукотич* и *Петрович,* как я понимаю, западнославянские, а *Лопес* – испанская), я не знаю.

По энциклопедиям отыскались такие люди по фамилии *Петрович.*

Петрович Димитрий Петрович – сербский писатель (1828–1856). Под влиянием Иосифа Юнгманна заинтересовался славянским устным творчеством, перевел на сербский язык Краледворскую рукопись, Издал «Гласи србске виле» (1849) и сборник стихов «Златјинство» (1851).

Еще – югославский режиссер *Aleksandar Petrovic* из движения «Нови фильм».

Самый известный (под псевдонимом) – Шандор Петёфи, сын серба Petrovic'а и словацкой женщины; но его настоящая фамилия латиницей пишется несколько не так, как интересующая нас.

Плазмодий

В стандартной терминологии плазмодий – бесцветное или яркоокрашенное вегетативное тело грибов миксомицетов, состоящее из многоядерной протоплазмы, лишённой оболочки. Величина колеблется от нескольких мм^2 до 1, а иногда и 1,5 м^2. Питается, поглощая питательные вещества всей поверхностью; передвигается с помощью выростов протоплазмы. Обитает в темноте под корой деревьев, внутри гнилой и влажной древесины, под опавшей листвой. Ко времени образования спор выползает на поверхность субстрата и целиком преобразуется в орган спороношения, имеющий в зависимости от вида гриба самую разнообразную форму и окраску.

Слово образовано от древнегреческого (приводимого в написании латиницей) *plásma* – вылепленное, оформленное.

Плаунки

Селагинелла *(Selaginella)*, род растений из отдела плауновидных *(Lycopodiophyta)*. Внешний вид плаунков разнообразен: от нежных, напоминающих мхи, до лазящих, вьющихся и дерновинных форм; размеры колеблются от 5–10 см до 2–3 м (в тропиках), у некоторых вьющихся тропических видов длина стебля достигает 20 м. Листья (точнее, филлоиды) у плаунков мелкие округлые или яйцевидные, то одинаковые, то различные по величине. Плаунки, обитающие в сухих местах, имеют прямостоячие стебли, у произрастающих в увлажненных местах (таких большинство), они лежачие. На стебле у большинства видов можно различить четыре ряда листьев: два ряда мелких спинных и два ряда более крупных боковых. У других видов листья так же расположены по спирали, как у плаунов. Лежачие и полулежачие стебли снабжены особыми корневыми подставками (ризофорами), тонкими бесцветными придатками, которые несут корни, развивавшиеся в почве. Корни только придаточные.

Плейрит

Боковой хитиновый щиток грудных сегментов насекомого.

Плюска

Блюдце *(cupula)* – древянистая защита основания желудя. Встречается и у некоторых других плодов.

Плюсна

Анатомический отдел стопы. От него начинаются пальцы.

Подвес

Висящая шерсть на шее, на хвосте. Так же называют висящую складку кожи.

Полорогие

или бычачьи в широком смысле *(Cavicornia s. Bovidae)* – семейство млекопитающих отряда парнокопытных. В отличие от плотнорогих (оленей), рога у полорогих представляют полые роговые чехлы, сидящие на выростах лобных костей, растущие и не сменяющиеся в течение всей жизни животного. К семейству относятся быки, козлы, бараны и антилопы.

Полость гастральная

Полость, в которую поступает пища у губок и некоторых других животных.

Полужесткокрылые

Полужесткокрылые, отряд насекомых; то же, что клопы.

Постабдомен

Задняя часть брюшка скорпионов и других членистоногих.

На зоологической латыни зовется *postabdomen*.

Прана

В индийской философии этим термином обозначается живое, жизненное начало в теле человека, т. е. душа. Душа называется также *атман*, пуруша. В пантеистических рассуждениях упанишад все эти термины отличаются друг от друга. Живое начало в человеке, называемое атман, тождественно с тем, которое оживляет природу. Итак, *прана* – синоним личной души, потому что признаком ее в человеке служит дыхание.

На санскрите это слово означает ветер, дыхание, жизнь, «дыхание жизни».

Проэструс

Проэструм, предтечка, период начала течки.

Придатки (у насекомого)

Крылья насекомых – пластинчатые придатки груди. Специальные придатки выполняют и функцию челюстей. Ножки также считаются придатками.

Протеиноид

Высокомолекулярное соединение, полученное ученым Фоксом путем нагревания смеси аминокислот, содержащей большое количество аспарагиновой и глутаминовой кислот. Эти синтетические молекулы обладают многими свойствами белков (например, каталитической активностью, питательной ценностью). Белковоподобные вещества, получаемые абиогенно (то есть чисто химически), как предполагают, подобные соединения возникали в условия первобытной Земли. Некоторые полученные при моделировании этих условий протеиноиды обладают молекулярной массой до 10 000, а также слабой каталитической и гормональной активностью. Полагают, что протеиноиды являются предшественниками белков и возникли при низкой температуре без участия ферментов.

Протоплазма

Содержимое живой клетки, включая ее ядро и цитоплазму; материальный субстрат жизни, живое вещество, из которого состоят организмы.

Название образовано от *прото...* – *первое* и древнегреческое (переданного здесь латиницей) *plásma* – *вылепленное*, *оформленное*.

Это слово, было впервые введено в науку Пуркинье в 1840 г.

Псовина

Шерсть собаки.

Пять канонов *(У Цзин)*

Конфуцианское пятикнижие, состоящее из древних китайских книг: «И цзин» («Книга перемен»), «Шуцзин» («Книга истории», «Книга правлений»), «Шицзин» («Книга песен», «Книга стихов»), «Ли цзи» («Трактат о правилах поведения», «Записки о церемониях») и «Чуньцю» («Вёсны и осени» [Летопись]). Канонизировано в конце II – начале I вв. до н. э. С этого времени вплоть до буржуазной Синьхайской революции (1911–1913) оно составляло основу конфуцианского воспитания молодежи Китая, являлось обязательным предметом в системе образования и подготовки чиновников.

Пять привязанностей

В буддизме – пять цепей, приковывающих к земному, оборачивающиеся пятью пороками – скупостью, ненавистью, гордыней. глупостью, ложными взглядами.

Преодолевший пять привязанностей, называется «пересекшим поток».

Пятьсот Святых *(лохань)*

Лохань (или *алохань*) – русская передача китайской транскрипции санскритского *архат* или *архан.* Более или менее эквивалентно русскому *святой. Архат* – тот, кто достиг просветления, очистив свое сознание от восприятия, но еще не достиг нирваны. В Китае представление о лохане как о высшей ступени на пути превращения в Будду сливается с даосским представлением о мудром отшельнике, достигающем долголетия или бессмертия путем особого регламента или с помощью эликсира. В Китае *лоханей* упоминают обычно группами. Первоначало упоминали 16, потом 18, потом дошли до 300, потом до 500.

При описании монастыря Шаолинь упоминают, что все 500 главных учеников Будды стали *лоханями.*

Радула

Тёрка – аппарат, служащий для соскребывания и размельчения пищи у большинства моллюсков (в частности, у улиток). Состоит из хитиновой базальной пластинки, лежащей на поверхности языка (мускулистого выроста брюшной стенки глотки) и покрытой поперечными рядами многочисленных (до 75 000) хитиновых зубов, количество, форма и расположение которых служат систематическим признаком. Действует по принципу землечерпательной машины, снабженной ковшами; моллюск соскребывает ею пищевое вещество, которое затем проглатывает.

Название латинское: *radula* – скребок, скребница.

Разноядное

Как термин, относится к некоторым жукам (точнее, к большинству жуков – *Polyphaga*); смысл, однако, понятен.

Реальгар

Минерал, по химическому составу моносульфид мышьяка, *AsS*. Название – транслитерация французского *réalgar*, от араб. *рахдж аль гхар*, буквально – *пыль пещеры* (рудника).

Ринофорное щупальце

Точнее, ринофор – обонятельное щупальце. У виноградной улитки органом обоняния служат, прежде всего, концевые вздутия щупалец и особенно задней их пары; впрочем, запах ощущает вся кожа передней части тела. Указывают также на «губы» под малыми щупальцами.

Румба

Испанское *rumba*. Первоначально – народная песенно-танцевальная форма афро-кубинской музыки с остросинкопированным ритмом.

Ныне – бальный танец мексиканского происхождения, использующий элементы кубинского. Получил распространение в конце 1920-х годов в США и Западной Европе. Музыкальный размер $^4/_4$, темп умеренный с резким ускорением последней части.

Самадхи

Состояние сверхсознания. Ум становится идентичным с объектом медитации; медитирующий и медитируемое, мыслитель и мысль становятся одним в совершенном поглощении ума.

В Йога-сутре Патанджали (2 в. до н. э. – 2 в. н. э.?) различаются 8 стадий сосредоточения психики, начиная ямой и кончая самадхи. В результате йогических усилий достигается состояние *махасамадхи,* т. е. неразличения познающего, познаваемого и процесса познания, трактуемое как состояние абсолютной свободы.

Санга, сангха

Община (в частности, буддийских монахов).

На санскрите слово означает *привязанность, связи, компания.*

Свинг

Очень популярный в США танец.

Также стиль джаза, представленный оркестрами Дюка Эллингтона, Т. Дорси, Г. Миллера, Б. Гудмена и др. Возник в 1930-е гг. Его характеризует перекличка трех групп духовых инструментов – саксофонов, труб и тромбонов, создающая эффект ритмической раскачки, английское *swing.* Для него типичен большой состав оркестра (15–17 исполнителей), полный отказом от коллективной импровизации в пользу сольной, значительное усиление роли композитора-аранжировщика.

Семь Слагающих Просветления

«Семь факторов просветления, когда их развивают и постоянно практикуют, приводят к совершенству ясное знание и освобождение».

Модель, восходящая к буддийской психологии медитации, рассматривает «факторы просветленности» – семь качеств ума, составляющих характеристики его здоровья.

За внимательностью, центральным из семи качеств, следуют две группы факторов, которые должны поддерживаться в равновесии.

Первая группа состоит из энергии, исследования и восторга; вторая включает в себя факторы концентрации, спокойствия и уравновешенности.

Сенето *(Seneto)*

Для автомобилистов здесь проходит дорога с односторонним движением, по которой спускаются в кратер Нгоронгоро. Ключи Сенето находятся уже в кратере, и здесь начинается экскурсия. При подъеме по этой дороге (что возможно для пешеходов, если они существуют) и зверей, ключи Сенето находятся правее озера Макати. На гребне воронки кратера находится поселок масаев, тоже называемый Сенето.

Серенгети

Национальный парк в Танзании. Основан в 1940 году. Площадь 1450 000 га.

Экосистема Серенгети состоит из парка Масаи-Мара в Кении и западной части парка Нгоронгоро, собственно национального парка Серенгети и парка Масва в Танзании, к югу от Серенгети. Миграция идет по кругу, начинаясь в *Masaai Mara,* и затем двигаясь по часовой стрелке на юго-восток.

Сетчатокрылые

Отряд насекомых (*Neuroptera,* или *Planipennia*) с полным превращением. Длина тела 2–20 мм, крылья в размахе до 120 мм. У взрослых ротовой аппарат грызущего типа, крыльев 2 пары, обычно они более или менее одинаковые, прозрачные сетчатые (отсюда название). Хищники. Около 4500 видов, в основном в тропиках. К ним относятся златоглазки и муравьиные львы.

Симба

Герой известного мультфильма компании Дисней о приключениях львенка.

Simba на суахили значит *лев*.

Симбионт

Симбионты – организмы двух разных видов, длительно и тесном проживающие совместно (обычно под симбиозом подразумевается не только не вредное, но даже полезное для обоих видов совместное проживание).

Симфилы

Класс *Symphyla* мелких (до 8 мм), нежных многоножек. Тело белое или желтоватое. На голове пара длинных четковидных усиков и 3 пары ротовых органов. Глаз нет. Туловище с 12 парами ног; у оснований ног 3–12-й пар имеются выпячивающиеся перепончатые мешочки, через стенки которых происходит всасывание воды. Дыхательная система (трахеи) открывается одной парой дыхалец на голове. Встречаются повсеместно. Самое известное семейство в классе – сколопендреллы.

Сифон

По-видимому, здесь не так важно указание на какую-то трубку, ведущую в полость первобытного и сравнительно очень просто устроенного существа, как отсылка к *сифонофорам* – колониям полипов, которые иногда рассматривают не как колонии, а как особи.

Скарабейные

Скарабеи *(Scarabaeus)* – род жуков подсемейства навозников. Наиболее известен скарабей священный *(S. sacer),* тело длиной до 4 см, гладкое, черное; голова и голени передних ног с крупными зубцами. Распространён на юге Европы, в Северной Африке, Передней и Средней Азии. Питается пометом животных, из которого предварительно скатывает шары. В Древнем Египте в катании навозного шарика видели символ движения Солнца по небу, а в зубцах на голове жука – подобие солнечных священных. лучей, поэтому жук был обожествлен, ему воздавали почести.

Снежок *(Farina)*

Сленговое обозначение кокаина или метамфетамина.

Сон Брахмана

В развитом индуизме мир есть сновидение Брахмана (бога), *Великая иллюзия*.

Спирилла

Бактерия, имеющая форму спирально извитой или дугообразно изогнутой палочки. Размеры варьируют у разных видов в широких пределах: ширина от 0,6–0,8 до 2–3 мкм, длина от 1–3,2 до 30–50 мкм. Встречаются во всевозможных гниющих жидкостях.

Название – новолатинское *spirilla*, уменьшительное от лат. *spira*, др. – греч. (в передаче латиницей) *speira* – изгиб, извив, виток.

Среднегрудь

Средний сегмент груди насекомого. У жуков обычно выступает между основаниями надкрылий в виде щитка. Несет 2-ую пару ног и передние крылья, то есть, у жуков, надкрылия.

На зоологической латыни зовется *mesothorax*.

Срок

У грызунов беременность длиться всего 3–4 недели, так что «за несколько дней до срока» – почти что с момента зачатия.

Стенбок

Род *Raphicerus* подсемейства карликовых антилоп (*Neotraginae*).

Обитают в Восточной и Южной Африке. Хорошо сохранились только в национальных парках. Населяют равнины и холмистые местности с высокой травой и кустами, саванны и редкостойные сухие леса. Держатся парами или очень небольшими группами. Укрываются в траве или кустах и выходят пастись лишь ранним утром и в сумерки. В водопое почти не нуждаются.

Стерилизация трофическая

Имеется в виду, что если кормить личинку муравья не специальным образом, она вырастает в бесполую рабочую особь.

Стернит

Брюшной щиток сегмента членистоногого (в частности, насекомого).

Стигма

Здесь: дыхальца, дыхательные отверстия, которыми открываются на поверхности тела органы дыхания (трахеи и легкие) у ряда членистоногих (насекомые, скорпионы...). У скорпионов обычно 2 пары стигм. У насекомых от 1 до 10 пар стигм – на грудных и брюшных сегментах. С. насекомых снабжены замыкательным аппаратом и могут закрываться и открываться, регулируя обмен газов.

Стинсон Адриан Дж.

Ничего значащего в этом имени и фамилии не углядел. А ведь, небось, есть.

Фамилия (на русском!) упоминается более, чем на 1430 сайтах.

На английском – 266 000 раз, из них *Adrian Stinson* – 18 раз, *Adrian J. Stinson* – нет. Фамилия, кажется, ирландская.

Надо думать, фамилия как-то указывает на какого-нибудь короля консервированной свинины или колбасного короля, но ничего не нашлось.

Очень маловероятное объяснение: у Adriano Celentano фамилия намекает на кишечнополостных (тип *Cnidaria,* или *Coelenterata* – на итальянском *Celenterati*), а *Stinson* – на *sting* – *жало,* что можно рассматривать как намек на стрекающих.

Соня-полчок

Систематическое название Glis glis. Самая крупная и известная из итальянских сонь, рода полчков *Glis* подсемейства палеарктических сонь – *Glirinae* (Thomas); семейства сони – *Gliridae* (Thomas) надсемейства соневых – *Gliroidea* (Simpson) подотряда сонеобразных – Gliromorpha отряда грызунов – *Rodentia* надотряда Glires (объединяющего грызунов с зайцеобразными) класса млекопитающих – *Mammalia* типа хордовых – *Chordata.* По другой классификации семейство сонь относится к подотряду мышеобразных – *Myomorpha.* Семейство называлось *Myoxidae.*

Про сонь, с упором на полчков, есть книга: А.Э.Айрапетьянц. Сони. Ленинград. 1983. Издательство Ленинградского университета. Серия «Жизнь наших птиц и зверей». Выпуск 5.

Суни

Полорогое животное *Nesotragus moschatus* из рода антилоп-малюток подсемейства карликовых антилоп (*Nesotraginae).*

Достигает в высоту 35 см и веса 9 кг. У самцов есть прямые рожки до 9 см длиной. Ареал захватывает Кению и Танзанию. Живет в лесистых и поросших кустарником районах. Держится поодиночке и парами. Днем скрывается в зарослях, а по утрам и в вечерние сумерки выходит пастись. В водопое не нуждается.

Сутра

Древнеиндийские трактаты по философии, морали, и прочему, составленные в назидательной форме сборники изречений. Появились в середине I тысячелетия до н. э. Философские сутры в той форме, в какой они до нас дошли, возникли, как полагают, в V веке н. э.

На санскрите *сутра* – правило или изречение, буквально – нить.

Сы *(Si)*

Буддистский храм (по Палладию передается как *сы*).

Тай-чи *(Tai-chi)*

Специальное физическое упражнение

Тан *(Tang)*

Даоистский храм (по Палладию передается как тан).

Судя по тому, что *Тянь Тан* означает Храм Неба (а *Тянь* – как в Тянь Шане значит «небо»), тан – это просто «храм».

Танец Шивы

Танец Шивы уничтожает мир (то есть *Великую иллюзию, сон Брахмана*), но и возвращает его. Мир создан в танце Шивы, но этот танец несет не только жизнь, но и смерть.

Тельсон

К последнему сегменту постабдомена скорпиона примыкает еще один, грушевидный, членик – тельсон, вздутие с ядовитой железой, оканчивающееся замкнутой вверх иглой, на вершине которой помещаются два отверстия ядовитых желез (его еще называют «коготком»). Этот сегмент не соответствует никакому сегменту насекомого, так как помещается позади анального отверстия, а только хвостовому отростку, тельсону, рака.

Терминалия

Род (примерно 200 видов) древесных растений *Terminalia*.

Растет в Юго-Восточной Азии, в Индии, в Америке, в Западной Африке и в Восточной Африке (во всяком случае, в лесах на Килиманжаро и на горе Канга, в Танзании).

Терминалии часто можно узнать по характерному виду кроны. Боковые ветви расположены почти горизонтально и несут на концах большую массу листьев. За форму кроны эти растения называют деревьями-пагодами.

Из семейства Комбретовые (*Combretaceae*) двудольных растений порядка миртоцветных (*Myrtiflorae*).

Топи

Вид *Damaliscus lunatus* рода лиророгих бубалов подсемейства коровьих антилоп (*Alcelaphinae;* раньше был даже род *Bubalis*).

Похожи на бубалов; у топи тоже сухая длинная голова, тоже высоко поднята передняя часть туловища. Окрас другой: темно-гнедые с синевато-черными пятнами на ляжках и лопатках, со светло-рыжими, точно в чулках, рогами. Рога формой напоминают лиру. Они толстые, с хорошо заметными поперечными кольцами, довольно длинные (до 70 см).

Обитают в саваннах и полупустынях Африки, но в очень засушливых местах не водятся. Излюбленные местообитания – поросшие кустарником слегка всхолмленные равнины с отдельными группами деревьев.

Пока они в покое, эти антилопы кажутся нескладными; при беге неожиданно проявляются сила, легкость, изящество. В Серенгети водятся стадами в сотни голов. Любят часами стоять на термитниках и других возвышениях, обдуваемые ветерком..

Ткачики

Ткачи, певчие птицы (отряд *Воробьиные*). Ярко окрашены.

Крепкий, конический, несколько сжатый у основания клюв без зубцов у вершины, сильные длиннопалые ноги, длинные, но тупые крылья с 10 маховыми перьями, из которых первое – укорочено или рудиментарно характеризует большинство представителей. Род настоящих ткачиков *(Textor)* обнимает птиц значительной величины с коническим, вздутым при основании клювом и с округленным недлинным хвостом. Из маховых перьев четвертое и пятое длиннее других. Некоторые виды их садятся на буйволов и ищут на них паразитов, как волоклюи.

Свои прочные, несоразмерно большие, обыкновенно грушеобразные гнезда с боковым круглым входным отверстием ткачики вьют из крепких растительных волокон (за что и получили свое название), подвешивая к концам гибких ветвей или к пальмовым листьям.

Общественный ткачик сооружает колониальные гнезда в виде огромной постройки, внутри которой помещаются гнезда отдельных пар.

Гнездятся ткачики колониями до 100 и больше птиц на одном дереве, причем деревья, растущие преимущественно возле воды, часто бывают сплошь унизаны старыми и новыми гнездами их. Края входного отверстия часто свешиваются вниз в виде трубки.

Близки к вдовушкам ткачики родов *Vidua, Hypochera* и др.; у некоторых видов самцы в брачном наряде также имеют длинный хвост и чёрную преобладающую окраску; их иногда неправильно называют вдовушками.

Характерны для Восточно-Африканской подобласти.

Триада

Что-то вроде ячейки китайской мафии.

Название расшифровывается как священный союз трех стихий – Неба, Земли и Человека.

«Триада» (Triad society, Hung league, Тянь-ди-хой, Саньхэхой, Sam-hop-wui, Pi-lien-kiao), одно из общих названий многочисленных антиманьчжурских тайных обществ, действовавших в XVIII – начале XX вв. в южной и юго-восточной провинциях Китая. Общества триады представляли собой законспирированные организации (от нескольких сот до нескольких тысяч членов), объединявшие крестьян, ремесленников, торговцев, деклассированные элементы и отдельных антиманьчжурски настроенных китайских помещиков и чиновников. Они действовали локально и разрозненно. У каждого из них имелось своё название. Их общим лозунгом было: «Свергнем (маньчжурскую) династию Цин, восстановим (китайскую) династию Мин». Общества «Триады» организовали и возглавили многие народные восстания против маньчжурского владычества в различных районах Южного и Юго-Восточного Китая. Члены общества не брезговали и грабежом, совершая при этом страшные зверства над мирным населением. Общество делилось на ложи, во главе которых стояли председатели с целым штатом подчиненных им выборных должностных лиц (вице-председатели, советники, казначеи и др.). Всеми ложами общества заведовал центральный комитет, состоящий из председателей 5 провинциальных лож. Общество заботилось о привлечении в свою среду возможно большего числа членов, нередко прибегая при этом к насилию и безжалостно убивая всех отказывающихся вступить в ряды общества. Прием новых членов сопровождался таинственными церемониями, напоминающими, как и многие другие черты организации общества, порядки, усвоенные франкмасонами. Каждый новый член приносил клятву, состоящую из 36 пунктов (честность и справедливость в отношении сочленов, защита их и помощь в нужде), скрепляя ее пролитием собственной крови. Общество имело свой устав, цель которого — поддержание сплоченности между членами и предупреждение отступничества, караемого смертью. Члены общества узнают друг друга по многочисленным внешним признакам и жестам, им одним только понятным; у них имеются свои собственные знамена, сигналы, паспорта. Действовали они довольно открыто, так как сумели внушить населению такой страх, что никто не решается доносить на них властям. Членов в том, историческом, обществе было несколько миллионов.

Трихоботрия

Ориентируются скорпионы главным образом за счет осязания: тончайшие волоски трихоботрии на клешняхпедипальпах связаны с нервными клетками и чутко реагируют на все прикосновения, сотрясения воздуха и земли.

Трофобионт

Живущий трофобиозом, то есть проживающий рядом с другими видами без нанесения им вреда. Это редкое слово применяется на практике только к муравьям, кормящимися сахаристыми выделениями тлей, и «пасущими» (охраняющими) их.

Тянь Гань

В китайской нумерологии каждая из стихий существует как бы в двух вариантах – сильном и слабом, мужском и женском: ян и инь. Всего, вместе с принципами *земля*, *вода*, *огонь*, *металл*, *дерево*, получается Десять *небесных стволов – Тянь Гань*, или статических знаков, основа китайского календаря и астрологии.

Китайский календарь складывается из двух параллельно текущих периодов: *Тянь Гань* и *Ди Чжи – Десяти небесных стволов* и *Двенадцати земных ветвей.*

Вторые предназначаются для описания суточных, годовых и двенадцатилетних ритмов, а первые рассматриваются в отношении к первым в качестве неких подритмов, Для двенадцати земных ветвей месяцы имеют продолжительность 30 или 31 день, но десять небесных стволов, используемых при описании внутриутробного развития человеческого организма обозначают лунные месяцы, равные 28 дням. Весь период в сумме составляет 280 дней.

Фен Шуй

Древнекитайское искусство, которое рассматривает человека и все, что его окружает, как единую структуру и стремится привести эту структуру к максимальной гармонии. Фэн Шуй основывается на простом наблюдении, что люди поддаются хорошему и плохому воздействию окружающих предметов. Каждое здание, стена, окно, угол и стол как сами по себе, так и в зависимости от их ориентации по сторонам света воздействуют на нас по разному. В результате длительных наблюдений китайцы пришли к выводу, что если вы измените что-либо в окружающих вас предметах, вы можете изменить свою жизнь.

Феромон

Феромоны – биологически активные вещества, выделяемые животными в окружающую среду и специфически влияющие на поведение, состояние или метаболизм других особей того же вида. Действуют обычно через органы обоняния.

Половые феромоны привлекают особей другого пола, обеспечивают встречу и «узнавание» особей разного пола и стимулируют половое поведение.

Филант

Пчелиный волк *(Philanthus triangulum),* пчелоед, одиночная земляная оса, питающаяся во взрослой стадии нектаром, а в личиночной – медоносными пчелами. Его называют первым среди тех, кто вредит пчелам из насекомых-хищников.

Хвост, самый быстрый Запада

Намек на девиз револьверов «Смит&Вессон»: «Наши револьверы – самые быстрые и надежные на всем Западе!». Револьверы «Смит&Вессон», главные конкуренты кольтов, в основном за счет очень быстрой перезарядки и особенно удаления стрелянных гильз, приобрели популярность во времена Гражданской войны в США.

Также звали и опасных стрелков. Может быть, выражение восстановило популярность благодаря фильмам о Джеймсе Бонде, который должен практически в одиночку справиться с кучкой гангстеров и «самым быстрым револьвером в мире», господином Скарамангой.

Хелицеровый

Подтип *Chelicerata* беспозвоночных животных типа членистоногих. Включает класс паукообразных, а в нем – отряд скорпионов.

Тело состоит из головогруди (просомы) с 6 парами придатков (хелицеры, педипальпы, 4 пары ног) и брюшка (опистосомы), на котором у скорпионов конечностей нет. Опистосома имеет два главных отдела – передний, мезосому и задний, метасому. Антенны отсутствуют.

Хелицеры

Первая пара головных конечностей (ротовых придатков) у членистоногих животных подтипа хелицеровых (в том числе, у скорпионов); служат для размельчения и раздавливания пищи. Иначе эти придатки называемают верхними челюстями или челюстными усиками. Хелицеры расположены впереди и выше рта. У скорпионов хелицеры маленькие состоят из 3 члеников и снабжены клешнёй. Последний членик у них принимает форму одной из ветвей клешни, образованной таким образом неподвижной внутренней ветвью, составляющей вырост предыдущего членика, и наружной – подвижной, образованной последним члеником. Гомологами хелицер у насекомых являются верхние челюсти, или жвалы.

Слово составлено из древнегреческих (переданных здесь латиницей): *chele* – клешня, коготь и *küras* – рог.

Хроматофора

Здесь: подвижная разветвленная пигментная клетка кожи; такие клетки изменением своей формы обусловливают игру цветов у животного.

Слово составлено из древнегреческих (переданных здесь латиницей): *chroma,* родительный падеж *chromatos* – цвет, краска и *phorys* – несущий.

Хрущ майский

или майский жук общепринятое название двух видов (по другим классификациям – 8 видов) хрущей рода *Melolontha* семейства пластинчатоусых *(Scarabaeidae)*. Длина 22–29 мм. Тело черное, с серыми волосками и белыми треугольными пятнами на боках брюшка; надкрылья красно-бурого цвета, опушены белыми волосками. Личинки обоих видов хрущей желтовато-белого цвета (длина до 60 мм), практически неразличимы. Восточный майский жук *(Melolontha hippocastani Fabr.)* распространен в Европе и Азии; на территории бывшего СССР – повсеместно в Европейской части (кроме Крайнего Севера), в Сибири до Забайкалья. Западный майский жук *(M. melolontha)* встречается только в Европе; на территории бывшего СССР – на западе и юге Европейской части. Взрослые жуки питаются листьями деревьев. Лет жуков начинается в мае, на юге – в конце апреля. Через 1–2 декады после начала лета происходит спаривание и затем яйцекладка. Самка откладывает в почву 50–70 яиц (в несколько приёмов) и погибает. Через 4–6 недель вылупляются личинки, которые в течение первого лета остаются на месте вылупления. Именно в фазе личинок эти хрущи наносят наибольший вред, питаясь первое время корнями травянистых растений и гумусом, а позднее корнями деревьев. Развитие личинки в почве продолжается 4–5 лет.

Цепь трофическая

То же, что цепь питания. Это ряд видов растений, животных, грибов и микроорганизмов, связанных друг с другом отношениями: пища – потребитель. Организмы последующего звена поедают организмы предыдущего звена и таким образом осуществляется цепной перенос энергии и вещества, лежащий в основе круговорота веществ в природе. При каждом переносе от звена к звену теряется большая часть (до 80–90%) потенциальной энергии, рассеивающейся в виде тепла. По этой причине число звеньев (видов) в цепи ограничено и не превышает обычно 4–5.

Цзе хунь *(Jie hun)*

Свадьба, брак (на китайском; в итальянском тексте передано латиницей, в переводе – кириллицей по Палладию).

Циветта

Видимо, африканская циветта *Viverra civetta* подсемейства *Viverrinae* семейства виверровых *(Viverridae)* отряда хищных животных *(Carnivora)*. Иногда ее выделяют в отдельный род *Civettictis* с единственным видом; иначе ее зовут циветтовая виверра, африканская виверра.

Коротконогие среднего размера хищники с удлиненными телом и головой, острым носом, маленькими ушками. Хвост пушистый; его длина – несколько больше трети общей длины животного. Длина тела без хвоста 67–80 см, высота в плечах около 30 см. Стопоходящее животное с полувтяжными когтями. На передних и на задних ногах по пяти пальцев. Основной цвет ее пепельно-серый или желтоватый, с многочисленными черно-бурыми пятнами; на каждой стороне шеи находится удлиненное косое белое пятно с черной оторочкой. Можно описывать и наоборот: черная, с белесыми или желтоватыми пятнами, полосами и поясами. Вдоль спины грива, которая может подниматься. Мех длинный и грубый.

Водится в Центральной и Южной Африке, особенно на востоке, и держится в сухих и гористых местностях, но хорошо плавает. Предпочитает заросли кустарников. День проводит в норах. Наряду с животной пищей поедает фрукты, клубни, побеги.

Как кабарга страдает из-за мускуса, так виверровые страдают из-за цибетина. Между задним проходом и половыми органами у них находится особая анальная железа, открывающаяся в «цибетовый мешок». Хранящийся в этом мешке секрет – цибет (цибетин) – жирная горькая масса, пахнущая подобно мускусу. Пока свежая, она белая, а потом желтеет или буреет. Ею циветты метят территорию. Цибет скоро высыхает на воздухе. До конца XIX века он употреблялся в медицине, потом его в фармацевтике вытеснил мускус, и он употребляется только как благовонное вещество.

Чайна Уайт *(china white)*

«Китайский белый», жаргонное название героина особой степени отчистки.

Чайнатаун *(Chinatown, China Town)*

«Китайский город» – особый квартал Сан-Франциско, заселенный китайцами. Считается крупнейшим китайским поселением за пределами Азии. За фасадами колоритных магазинов и ресторанов авеню Гранта скрывается малоэтажные трущобы и чрезвычайная скученность доходных домов и кондитерских. Китайцы все больше расселяются в других районах, а многие из живущих здесь – это недавние иммигранты, особенно из Гонконга, предпочитающие родной язык и образ жизни. Особенно известен район стал благодаря одноименному фильму (1974 год).

Чакры

Для йога циркулирующая в организме жизненная энергия концентрируется в нервных сплетениях, называемых *чакра*.

На санскрите *чакра* – круг, колесо. В ведийской мифологии и ритуале оно выступает символом солнца. В послеведийскую эпоху – метательный огненный диск, оружие солнечного бога Вишну (стальные метательные круглые ножи применяли в армии). У буддистов есть другой круг, колесо закона *(Дхармачакра)*.

Четыре Благородные Истины

Основное содержание буддийских книг – практическая доктрина «спасения», или «освобождения». Она изложена в учении о «Четырех Благородных Истинах»: существует страдание, причина страдания, состояние освобождения от страдания, путь, ведущий к освобождению от страдания; короче – существует страдание и освобождение от страдания.

Читта

В русском языке, видимо, нет адекватного перевода. С санскрита на итальянский можно перевести словом *mente* (у нас известно латинское *mens* из фразы *mens sana in corpore sana = в здоровом теле – здоровый дух*), которое означает душа (без религиозных обертонов, просто «психика»), сознание, ум.

В буддизме и связанных религиях это какой-то низкий ум. В йоге это материя мысли, которая всё время изменяется, представлясь в виде различных вритти. Эти вритти очень похожи на заблуждения ума под действием бэконовских демонов. Йога – есть удержание читты от облачения в разные образы (или себя от отождествления с ними).

Может быть, можно понять упоминание *разных читт* и по другому: читта состоит из ума, разума и личности.

Можно еще иначе: есть *просветленная читта*, бодхичитта, есть *эмпирическое сознание*, *карьячитта*, есть *чувственное сознание желаний*, *камавачара читта*, есть *сознание форм*, *рупавачара читта,* и т.д.

Здесь очень узко, поверхностно и неграмотно изложены противоречивые учения о читте.

Закончим двумя стишками из Интернета:

1) Я праздную Вальпургиеву ночь.
Как кисть бежит по голубому полю!
Внутри меня мелькают читта-вритти,
И я ужасно ведьмински ругаюсь.
(Печкин)

2) Не щи да каша пища наша – а читта,
прана и акаша.

(Что такое *прана*, сказано выше, а *акаша* – это небо, небеса, эфир, эмпиреи).

Чоу мейн

Латинскими буквами: *chow mein*. Овощное рагу с креветками, свининой, грибами и филиппинской лапшой.

Шангри Ла

В 1935 году английский писатель Джеймс Хилтон создал роман «Утерянный горизонт».

Главный герой романа, британский дипломат Конвей, терпит крушение во время полета на самолете над высокогорным Тибетом, где он и его спутники обнаруживают чудесную долину под названием Шангри Ла.

Чистый воздух, кристальная вода, яркая зелень лугов, доверчивые животные и счастливые, радостные люди, живущие в гармонии друг с другом и с природой – так описывает Джеймс Хилтон это место.

С тех пор сюжетный антураж «Утерянного горизонта» вышел далеко за пределы книжного мира: затерянная в Гималайских высотах страна Шангри Ла, придуманная Хилтоном, стала нарицательным именем мечты, утопии, вечного блаженства.

«Именно это загадочное слово и стало именем самому лучшему в Москве казино» – из рекламы.

Шерба *(Sherba)*

Нигде не нашлось. Так иногда транслитерируют русскую фамилию, но такая фамилия распространена и в англоязычных странах. Сочетание букв *Sh* – не итальянское, так что можно подумать, для экзотики написано на американский манер слово *scerba*.

Щупальца улитки

Виноградные и многие другие улитки относятся к отряду стебельчатоглазых (*Stylommatophora*) подкласса легочных брюхоногих (*Pulmonata*). У них две пары щупалец, глаза – на вершине верхней пары.

Так что для улитки одно и то же – отвернуть щупальца и отвернуть глаза.

Кстати, глаз улитки видит предметы только на расстоянии до 1 см.

Экзоскелет

Наружный скелет – хитиновый покров насекомого (и других членистых).

Экзостом *(Esostoma)*

Почти не встречается ни в русском, ни в итальянском Интернете, кроме как в связи с этой книгой (один раз на итальянском) – и один раз в ботанической работе на русском. Речь явно об exostomium'е; но этот термин (что-то вроде *внешнерот*) применяется, насколько можно судить по Интернету, только в ботанике (в строении зародыша у цветковых и в описании мхов), не считая названия каких-то сомов.

Эккринные железы

Потовые железы, выделяющие жидкий пот, близкий по составу к плазме крови.

Эпифит

Растения, поселяющиеся на других растениях, главным образом на ветвях и стволах деревьев, но получающие питательные вещества из окружающей среды, а не паразитирующие. Наиболее богаты ими тропические леса. Поселяются преимущественно на стволах с растрескивающейся морщинистой корой; в щелях такой коры скопляется пыль, растительные остатки, продукты постепенного разрушения самой коры. В результате получаются запасы питательных веществ, вполне достаточные для небольших растений. У настоящих эпифитов в процессе эволюции выработались приспособления для улавливания воды и минеральных веществ из воздуха. У некоторых бромелиевых отходящие во все стороны розеткой листья образуют воронку, плотно охватывая друг друга своими основаниями, причем в пазухе каждого такого листа образуется как бы чаша для собирания дождевой воды. У *Dischidia Rafflesiana* (сем. *Asclepiadaceae*) развиты в виде глубоких урн некоторые листья и служат точно также для собирания воды.

Слово составлено из древнегреческих (переданных здесь частично латиницей): *эпи...* и *phytyn* – растение.

Юинг *(Ewing)*

Откуда взялась фамилия и есть ли в ней какой-то намек, неизвестно.

Фамилия очень часто упоминаемая, в том числе был такой президент и, кажется, секретарь госдепартамента (к тому же, подходящий по времени к Ирпам). Но, скорее всего, речь идет о героях телесериала «Даллас»; там действуют как раз братья Юинги. Даже песня такая есть: «Не только в Далласе Юинги плачут».

Юниор *(Junior)*

На латыни – младший; почему-то в семьях американских предпринимателей особенно принято различать поколения: *John Smith Jr.*

Яканы

Подотряд *Jacanae* птиц отряда ржанкообразных (включающего ржанок, чаек и др.). Длина тела 16–53 см. Крылья широкие, на сгибе крыла роговая шпора. Летают тяжело, низко над водой. Ноги с очень длинными тонкими когтями и пальцами, позволяющими легко бегать по листьям водных растений и топким берегам. Могут плавать и при преследовании ныряют. В подотряде 1 семейство с 7 видами. Распространены в тропиках Африки, Америки, Азии и Австралии. Обитатели заросших водоёмов. Гнезда на плавающих растениях. Вне гнездового времени держатся стаями.

Ямбо, хабари гани? Мими Вишковитц.

Jambo, habari gani? = Дела, как идут. Меня зовут Вишковитц? *(суахили)*

Яна

Имя не итальянское. Почему оно выбрано, не знаю.

Ящер

Попытка передать на русском слово *sauro*, палеонтологическое *завр*.

Слово это есть у Даля как вариант названия подтипа пресмыкающих; кажется, оно мелькнуло в Библии (на *церк.-сл.,* в русском – ящерица).

Ab invidia

Из зависти *(лат.)*

Air scent

Верхнее чутье – ценное свойство подружейной собаки разыскивать дичь по запаху самой птицы, а не по запаху следа. Собака, обладающая верхним чутьем, держит голову во время поиска на уровне корпуса или несколько выше его, умело пользуясь ветром и воздушными течениями.

Backtracking

Метод охоты, когда собака после сколов берет обратный след.

Гнать в пяту – найдя след зверя, гнать по этому следу не туда, куда зверь пошел, а в обратную сторону, откуда зверь шел (говорится о гончих).

Bounty killers

Словосочетание, означающее охотника за людьми, за голову которых назначена премия (объявленными вне закона – бежавшими опасными преступниками и т.п.).

Crosstracking

Если собака на сколах мочкой носа пашет землю неоднократно пересекает след без прихватывания его или погонит в пяту вывод один эта гончая со слабым *crosstracking.*

Dejuello

Итальянское написание испанского слова *Degüello,* означающего – обезглавливание; а также сигнал трубы к кавалерийской атаке.

Ground scent

Запах соприкосновения (на него ориентируется собака при следовой работе нижним чутьем).

Heliocopris

Один из родов жуков-навозников семейства Пластинчатоусых *(Scarabaeidae).*

Египетских жуков этого рода в обиходе называют скарабеями, хотя собственно священные навозники выделены в другой род.

Kopje

Холмик *(южно-африканское).* Обычно так называют выход на поверхность изъеденного выветриванием, «мягкого», гранита – внезапно встающий над равниной «островок».

Слово на голландском (то есть на *африкаанс*) значит «маленькая голова».

Lawyers these days can turn a case which way they want, piggy.

Стряпчие нынче любое дело повернут, как захотят, свинка *(англ.).*

Liaison

Связь *(фр.),* особенно незаконная любовная.

Lodges

Охотничьи домики, приюты. В заповеднике Нгоронгоро расположены у края кальдеры.

Melolontha

Так на зоологической латыни называют майского хруща.

Network

Сеть радио- или телевизионных станций, медиа-империя. *(англ).*

Offtracking

Потеря собакой следа при проскоке поворота.

Paruroctonus maesanensis

Вид скорпионов рода *Paruroctonus* из средней климатической полосы.

Parbleu

Французское экспрессивное выражение; принято переводить его «Черт побери!».

Pardon

Пардон, извините *(фр.).*

Peones

Поденщики, батраки (на испанском); здесь скорее, быдло.

Raison d'être

Разумное основание, смысл существования чего-нибудь *(фр.).*

Sessiliflora

Дуб сидячецветный (*Quercus sessiliflora*).

Summum Bonum

Высшее Благо, Величайшее Благо (на латыни).

Средневековье отождествляло свое понятие *summum bonum* с конечной целью Аристотеля.

Об авторе

Алессандро Боффа, сын корреспондента газеты итальянских коммунистов «Унита» Джузеппе Боффа, родился в Москве в 1955 году. Работал биологом в Италии два года, изучая генетический материал крыс и лягушек, и не нашел в этом ничего романтического. Переключился на человеческий мозг, работая над математической моделью коры и процесса мышления. Все время размышлял о мышлении, чуть не сошел с ума. Во время финансового бума 1986 года удачно сыграл на бирже и уехал на три недели в отпуск, где пробыл 11 лет : один в Калифорнии, и 10 в Восточной Азии. В Бангкоке получил диплом по геммологии и начал торговать драгоценными камнями. Потом провел пять лет на маленьком островке в Таиланде, управляя несколькими бунгало и ресторанчиком, а больше ловя рыбу, читая и смотря видео. Боффе понравился местный обычай говорить о себе в третьем лице: с ним легче смеяться над собой. Свои беды — трагедия, чужие — комедия. Всякую трагедию можно перевести в трагедию, взглянув на нее с другой стороны. Стал посылать издалека открытки друзьям. Один из них нашел, что они интересны, и что стоит написать что-нибудь объемное. Так что написал статью о том, как на Синае ездил на верблюде. Этот верблюд, Боб Марли, не слушался наездника, а гонялся за верблюдицами. Пока писал, прямо посреди предложения понял, что писать может быть забавно. Посреди какого предложения — не помнит, но знает, что оно было как бы написано кем-то другим. То, что он может быть кем-то другим, явилось откровением. Откровением было то, что дабы написать что-то путное, совсем не обязательно быть путным. Ошибки иногда случаются, а цепочка их может обмануть и самых неподкладистых критиков. Сейчас он живет то в Таиланде, то в Италии. Это его первая книга.

Алессандро Боффа
Ну и тварь ты, Вишковитц!

Роман

Редактор-составитель серии – М. Котомин
Корректор – А. Полякова
Компьютерная верстка – М. Гришина

Подписано в печать 18.11.05.
Формат издания 80×100 $^1/_{32}$.
Гарнитура «Ньютон». Печать офсетная.
Бумага газетная пухлая. Усл. печ. л. 9,6.
Тираж 4100 экз. Заказ № 905.

ООО «Издательство Ад Маргинем»
115184, Москва, 1-й Новокузнецкий пер., д. 5/7,
тел./факс: 951-93-60, e-mail: ad-marg@rinet.ru

Отпечатано в полном соответствии с качеством
предоставленного оригинал-макета
в ОАО «ИПП «Уральский рабочий».
620219, г. Екатеринбург, ул. Тургенева, 13.
http://www.uralprint.ru
e-mail: book@uralprint.ru